愛猫・愛犬追懐と箱根山寸描

小田　淳

◆目　次◆

愛猫・愛犬追懐　5
愛猫
三毛猫「レフティー」……………… 7
ブルーペルシャ「モコ」………… 20
三毛猫「ミミ」…………………… 26
愛犬
スピッツ「チコ」………………… 31
雑種「ババ」……………………… 41
雑種「レミとモモ」……………… 49
三河犬「ジュン」………………… 59
箱根山寸描　129
新緑記………………………………… 131
落葉記………………………………… 147
高原荘にて―冬のスケッチ― …… 163

愛猫・愛犬追懐

愛猫

三毛猫「レフティー」

レフティーは、横浜の富盛さんから貰った猫である。

富盛さんが飼っていた猫が一匹だけ生んだ三毛猫の雌で、体全体毛が長く掌にのる位の大きさだった。

僕が横浜の保土ヶ谷電報電話局の庶務課長になり、昭和五十七年二月東京から転勤して知り合った富盛さんが、設備管理課長をしていた可知さんと一緒に、届けてくれた。

レフティーと名付けたのは、その頃猫物語レフティーと題したテレビの影響を受けて、娘の章子が気に入って付けた名前だった記憶がある。

耳の先の毛が特別長く突っ立っていて、体の毛足も長毛だったところから察するにペルシャ猫かなにか長毛の猫のハーフではないかといった感じが、家内もすっかり気に入った。そして尾は短くて日本猫独特の体形で、大きくなるにつれて器量がよくなって気位も高い猫に成長した。

それから二年後、僕が伊豆逓信病院の庶務課に転勤して、知り合った女子職員の紹介でブルーペルシャを貰い受け、モコと名付けた。

モコは家内の掌に載るほどの子猫で、グレーといった色に近いブルーで珍しく、一家の人気者になった。しかしモコは食事をする時必ずレフティーを先にして、レフティーが終るのを待っていた。

暫く経った頃、レフティーが家出した。家族の愛情を一身に受けていたところに、子猫がきて話題や関心が移ってしまったと、思い込んでいたのかと家内は話していたが、近辺をさがし回ったが見つからない。近くの箱根ターンパイク入り口脇の山根公園や、猫の行動範囲は一粁位ではなかろうかと話していた灘波先生説を考えて、五百米位離れている河原公園方面まで足を延ばしてさがしに行った。会社から帰って自転車で周辺をさがしに回ったことも度々あった。

家内は、

「いつも食事する食器を食事場所に伏せて置いておくと帰る」

といった話を、何処からか聞いてきて、早速試みたが、効果なさそうな気がした。

モコとレフティー

ある日の午後、僕はなんとはなしにレフティーが近くにいるような気がした。そして無意識に、

「レフティー!」

と呼んでみた。

すると、小声で、

「ニャア、ニャア」

と鳴いたように思った。

さらに呼び続けると、かすかに声がする。

となりの鈴木さんの物置の二階辺りのようだ。

続けて呼ぶと、金網塀の向う側から声がした。間もなく塀を飛び越えて走ってきた。やせてみすぼらしい姿のレフティーは、いそいそと家の中へ飛び込んできた。およそ一カ月経っている。家内が風呂場で洗ってやると、三毛の色彩がきれいに浮き出て食事をむさぼるように食べていた。

新入りの珍しい色のモコに、家族の関心が移って、自分の存在が希薄になったと思い込んだレフティーは家出したのではないかと、家内と話したが、その後レフティーは家

出しなくなった。新人に対して悩み、自分の居場所をどうしたらいいのか、レフティーは思いあぐねて、気持ちの整理が着いたのであろうか、よく無事で帰ってきてよかったと、家族の思いであった。

レフティーは大きくなるにつれて、可愛くなり賢い行動をしていた。息子の聡夫と章子はまだ小学生で、一緒に寝るのを楽しみにして、いつも取り合いをしていた。どんなにこね回されてもじっと耐えている性格だったから、習子にきている家内の生徒達にも人気があった。そして、近所の猫たちのボス的存在のようだったのか、隣りの畠の空地で近所の猫達がレフティーの周囲を取り囲んでいた時も、時々目にしている。なんといっても三毛の配色がくっきりとしてきて毛足も長く体も大きい魅力的な猫になっていた。そして、家族が外出から帰ると外にいても飛んできて、所かまわず足許にごろんと転がって甘えた。

いつか聡夫が部屋から隣りの畠を見た時、円形を作った猫たちが集まっていた。

「猫の集会かな？」

と話していたこともあった。

レフティー

平成元年頃になると、冬の寒い日には僕の布団の上が唯一の寝場所になっていたのだが、ある時、おしっこをもらした。やむなくビニールを下に敷いて、タオルを置いてその上に寝かせるようにしたが、隣りの畠の香の木の消毒液をなめて体調を崩したのではないだろうかと考えたりしたこともあったが、そのうちに元気になって、外へ出て行くようになった。

そんなことがあって、翌年の寒さには、僕の布団の中に入れて寝ることが度々あった。そして、家族のいうことが理解出来るようになって、居間から二階へ行って寝る時に、

「行くよ」

と声をかけると、自分で階段をかけ上がって、先きに行って待っていた。

朝は朝で、僕が起きないと家内が先に下へ降りて行ってしまっても、出入口のドアの前で待っているか、階段の下り口で待っていて、僕と一緒に降りて行くことが習慣になっていた。

腰がふらつくようになったのは、その年の三月の初め頃から目立ってきた。

「どうしたの？」

家内ともども声をかけていたが、食事はよくたべるし、よろつきながらも外へ便をしに出て行くことが多かった。それに玄関脇に置いてある砂箱の中へ用を足しても、三十糎位の高さの床へ飛び上がっていた。床に上がった時滑って足をとられているのかと思って注意していたが、そうではないらしい。犬のバブの診察を頼んでいた神奈川古城研究会の代表者だった灘波先生にレフティーの状態を話したら、

「十五～六年生きれば、猫は長命だよ」

と答えているだけだった。

そして、日が経つにつれて、レフティーの動作は鈍くなった。

それでも裏口から外へ出たがって、戸口に坐り込んでドアを開けてくれるのを待っていた。ドアを開けるとよろめきながら外へ降りて隣りの畠の中へ行って、しばらくすると玄関脇にある柿の木を伝わって、日向ぼっこをして過ごしていて、日が入ると二階のベランダに上がり、僕が仕事している机の前のガラス戸越しに姿をみせて、

「ニャアー」

と鳴くか、呼んでやると、

「ニャアー」

と答えて屋根からベランダへあがり、部屋に入ってくる習慣が続いていた。

そして、三月十日頃から立てなくなった。

十五日、聡夫が大宮から帰宅して獣医に診てもらおうといい出して、鴨宮にある平沢動物病院へ連れていった。レントゲンをとってみても骨には異常がないが、やせてきて骨格が手で触れるとわかるようになった。いつも太っていて丈夫だったのに、とレフティーに話かけていた家内は心配げである。

のみ薬を朝晩服用させるようにといわれ、食事も食べるようだったら、どんどん食べさせてほしいといわれて家に帰ってきたが、なかなか元気にならない。寝たきりの状態のレフティーに鰯を煮て、掌にのせた身をやると、よく食べた。

そんなある日、立ち上がったかと思うと、よろよろしながら外へ行こうとしていた。体を支えて裏口から外へ出たが、すぐに戻りたがった。そして、次第に体が細くなり、尿も落とし紙を買ってきて当てたり、夜は子供用のおむつを当てていると、尿など出た後は気持ちが悪いのだろう、ごそごそ体を動かして鳴いて知らせるようになっていた。

二十日にもう一度動物病院に連れ行き、獣医に診察してもらったが、前回と同様な見立てだった。

夜中に音がして、起きて行ってみたことも何回かあったが、章子が気になったのか電話をかけてきてレフティーの容体を気遣っていたこともある。

三月二十二日の明け方痙攣をおこした。もう駄目なのかと思える症状だったが、すぐに落着いた。

朝になって章子に知らせると、夫の恵治君が出勤の時に一緒に行くという。その日孫の恵里花ときて、一日中面倒看ていたが、辛らそうにするレフティーにたまらないといった表情をしていた。

レフティーは痙攣したり、のけぞったりして耐えている姿が可哀相だったが、

「レフティー、レフティー」

と声をかけて力付ける以外、どうしてやりようもない。

食欲はなく、水をわずかに、牛乳もほんの少々飲むといった状況になっている。

「お兄ちゃんがくるのを待つのよ」

家内がレフティーの耳許に話しかける。

章子たちは夕方帰っていった。おそらく心残りの気持を引きずっていたとは思うが、

レフティー

やむをえない。レフティーの口に水を含ませていた。

その後も時々痙攣を起こし、もう駄目かと思ったが、再び落着いて呼吸していた。

そうしている間にもいつ別れがくるとも限らない気分である。

聡夫の帰りが遅いと思ったが、呼吸は落着いていた。


午後八時すぎて聡夫が帰宅した。

「レフティーが待っていたよ」

聡夫はそのままレフティーの脇にかがみ込み、

「レフティー！」

と呼んで見入っていた。

相変わらず体の痙攣は一時間おきに、襲っている。その度にレフティーは苦しげに、体を弓のようにして耐えていたが、聡夫が風呂に入ろうと支度した時、声をあげて、

「ニャア！」

と鳴いた。

様子がおかしい。明らかにいままでとは異なる症状だ。

そして、二声、三声鳴き声をあげたあと痙攣したレフティーは口を開けて数回呼吸していたが、ふっと途切れた。いままで動いていた腹部の動きはなくなった。しかし、心臓の所に指先を当ててると、まだ動いている。家内も聡夫も触れてみる。それも間なしに止まってしまった。三月二十三日夜十二時十五分だったと、家内がいった。

やっとこれでレフティーは楽になった。脱脂綿に水を浸してレフティーの口許に入れてやる。昭和五十年二月保土ヶ谷電報電話局に転勤してから、その年の春に生まれたレフティーがわが家にきて、平成三年三月二十三日（土　先負）まで十七年間わが家の家族だった。

翌日、小田原市の動物処理場へ行って手続きをすませ、午後レフティーの遺骨を受け取ることにして家内と行った。手続料千円、心付けに二千円渡して頼んできた。

先月バブが去り、またレフティー去る。生あるもの別れありと承知してはいるものの、悲しくもあり、寂しい限りである。

平成三年三月三十一日「(日　大安)」、家族三人で前の畠の桜の木の下に、交通事故で若い時生命を失なったモコの子、白黒のチャコの脇に納めた。曇日に。

ブルーペルシャ「モコ」

モコは、僕が保土ヶ谷電報電話局から昭和五十二年九月、函南町にある伊豆逓信病院庶務課長に転勤したその年の暮れに、庶務係にいた花岡女史の世話で花岡さんの知り合いの家に生まれたブルーペルシャだった。

その頃は、家内が知り合って友人になった大磯に住んでいた、元日航のスチュワーデスをしていたという、村田さんも欲しいといわれて二匹貰い、たしか礼金を払った記憶がある。名前はその村田さんが名付けた記憶があった。わが家のは雌でモコなんとかで、村田さんが連れて行ったのは雄でトドなんとかといっていたと思う。

モコは成長するにつれて可愛い猫になって、前からいるレフティーとじゃれ合い、家内によくなついていた。時折ベランダから一階の屋根に出て、庇の上からとなりの畠へとジャンプして脱出していたこともあったが、帰りたくなると、玄関や居間の廊下へと飛び込んでくる時が度々あった。そして寝る時は家内の部屋、レフティーは聡夫のベッドといった日々だった。

平成六年三月六日、今日は鱒の解禁が近くの早川である。僕は釣りに行く予定で、前の日にイクラや卵焼きの餌を用意して、釣りに行く支度をしておいた。

モコは十日ほど前から急に弱って、先月の二十一日に隣りの家の道路に面した石の上に捨てられていた子猫を拾って、育てていた猫の避妊手術後の抜糸にきてくれた灘波先生に、モコの容体を診てもらった結果、ペルシャ猫のみかかる病気ということであった。日本病名は付いていないと説明してくれた。気になっていた腹部のふくらみは、腹にたまったゼリー状のもので、腹の中から拭き取るしか、手術のしようがないということであるという。今年十八年目、満十七年だから人間では百歳をすぎている。手術には体力が保たない。自然にしておいた方がよいだろうという意見だった。

しかし、モコの腹部はこれ以上ふくれようがないのだろうと見える位に張って、苦しそうだが、食欲はあり、排便もしている。そして寝てばかりいるようになった。数日後、あまり食べなくなってきたが、水はよく飲んだ。

モコ

その間家内は布団の中に入れて一緒に寝ていたが、二、三日元気がなかった。そして今朝の午前一時頃から、時折鳴く声が気になっていた。

翌朝になってなんとなく気がかりで、釣りに行くのを止めた。モコにもしものことがありそうな予感がしてならなかったからだ。

朝食を食べに下へ降りて、家内と二人で食事をすませ、僕がモコの具合を見に行くと、モコは口を開けたたまいる。呼吸はかすかである。

家内を呼んだ。家内がきて間もなく動かなくなった。聡夫を起こした。まだ息がある。間に合ってよかった。

九時三十分息を引きとった。

釣りに行かずにいてよかった。小さい命ながら、長年わが家の家族だったのである。

今日は日曜日で、聡夫がいてほっとした。レフティーの時もそうだった記憶がある。大宮にいた聡夫が家へ帰ってくるのを待っていたかのように、レフティーは息を引きとった。

聡夫も特別にモコを可愛がっていた。時折一緒に寝ている日もあった。しかし家内はもっとがっかりしたと思う。そして疲れたようだ。

家内をはじめ皆で、

「モコちゃん」

と呼んだが、鳴き声は返らなかった。

外から帰ると、飛ぶようにして玄関に出向え、

「ニャア！ニャア」

と鳴いて喜んでいたが、思い返してみると大分前から耳が遠くなったのか、姿を見て挨拶する程度に変っていた。

耳が遠くなるのは長生きの証しというが、モコは長命だった。モコの子は貰われて行った先方などで、次々と死んで行った。その分長生きしていたとも思えなくもない。

しかし、家の中を灰色ブルーの毛をもこもこさせて、飛び回っていた姿がないのは寂しい。前の畠にある桜んぼの花が咲きはじめたという時に、モコは見ずしてこの世を去った。

小田原市の施設で処理して遺骨を受け取ってきて、三月十三日（日）午後二時曇日、前の畑のレフティーやモコの子チャコの眠る場所に、家内、聡夫と僕で、桜の花、沈丁

香、椿の花を周囲に入れて埋葬、線香を供えた。

モコ

三毛猫「ミミ」

三毛猫のミミがわが家にきたのは、平成五年十月二十日の朝だった。

前日の午後、四米巾の道路と隣家の物置小屋の間にある石積みの上に、二匹の生まれて間もない掌にのる程の三毛の子猫がいた。誰かが捨てていったものかと思うが、その時わが家にはすでに二匹の猫がいて、拾って育てるのを躊躇して「もし明日いたら飼ってやろう」と家内と話し合っていた。

翌朝、のぞいて見ると、

「ニャア。ニャア」

か細い声で泣きながら私の足許に走ってきた。

取り上げると軽い。餌を食べていなかったに相違ない。もう一匹はとさがしたが、姿がなかった。

ミミ

毎日餌をよく食べた子猫は、雌猫で三毛から「ミミ」と名付けて、家の誰れにも懐いていた。

ミミが体調を崩したのは、家にきてから十七年経った七月だった。それまでは時々外出して夕方には必ず家の中に戻ってきて、餌を食べ、夜は家内の布団の上か、冬には布団の中にもぐり込んでいた。何故か家内は猫に好かれて、時たま私の寝床に入って寝ていた。

そして、私に来客がきて客間で話していると、いつの間にか私の脇にいて話を聞いているかのように座っていた。

ある日、食事をとらずにいるミミを、箱根湯本に嫁いでいる章子の娘恵里花が、動物専門学校を卒業して勤務しているほたる動物病院に、息子の聡夫が車で連れていって診察を受けた。そして、入院した方がいいだろうと診断され、四日後再び聡夫と家内と私が行くと、腎臓病があり、歯槽膿漏もあり歯を一本抜いた。そして、肺にも水がたまっていて水を抜いたとのことだった。

ケージの中にいるミミに、

「ミミー」

と呼ぶと、

「ニャアー」

と答えたが、あまり元気ではなかった。

　それから二日後、聡夫と様子を見に行くと、大分元気になっていた。餌も食べたといい、心臓は異常ないとの説明だった。そして、日曜日午前退院することにしていたが、前日の十日の土曜日の午後に章子が行ってくれて、退院してもよいとのことので、ミミを迎えに行った。

　退院後、ミミはほっとしたのか落着いていたが、十二日（月）夜、ミミはけいれんした。しばらくして落着いたが、翌日聡夫が休暇をとって午前中にほたる動物病院に診察を受けに行った。腹部に水がたまっていたと診断され、百ccほどの腹水を抜いてくれて、少し元気になって帰ってきたが、あまり食欲がすすまなかったが、落着いていた。

　十五日になった早朝の二時半すぎ、なんとなく気になって家内と一階の部屋にいるミミを見に行くと、八畳間にへたっとなっていた。

体をなでながら「ミミ」と呼ぶと、尾をふって返事をしたが、水ものまず食欲なし。

家内が二階へ階段を上がり、私は少し後から階段を昇る途中で、ミミの鳴き声が二回した。家内を起こしてミミの脇に行くと、息を引きとる時だった。

「ミミ！」

私が声をかけると、間もなく息を引きとった。

苦しみもなく。七月の盆の日だった。

聡夫も起きてきて、ミミの口に水をのませて落着かせた。午前三時頃だった。

鳴き声は、別れの挨拶だったのかと思いながら、ミミの体をなでていた。

翌日の午後一時頃まで線香をたむけて、聡夫が花を買ってきて飾った。

ほたる動物病院からスタッフ一同の花束が届いた。

夕方ほたる動物病院に恵里花を迎えに行って、風祭のデニーズで夕食してミミを偲んだ。

愛犬

スピッツ「チコ」

昭和三十三年十月十二日午頃、チコが四匹の子を生んだ。

それから丁度一カ月経った十一月十二日、会社から帰宅すると、雄犬を飼っていた家の曽根さんが、子犬を一匹持って行ったと父からきかされた。

「どの子犬だった？」

と僕がきくと、

「一番大きいので、可愛かった犬だよ」

父が答えた。

体付きは大きかったが、目が赤くなっていて、気にかけていた雄犬だった。

「目が一寸変だっただろう？」

「いや、なんともなかったように見えた。まさかこの子犬だと指定は出来ないし、雄犬を借りたから好きなのを選んで持たせてやったよ」

父が答えた。

雌犬のチコの相手の雄犬は曽根さんの飼犬だったから、そうした義理があるのかないのか、定かには知らなかったが、一般的な風習のようなことだったようだ。その子犬は目を一寸赤くしていたので、気にかけていただけに、いたいけない気持が起きていた。早速裏庭にある犬小屋に行って見ると、三匹の子犬が鳴き立てていたが、目の赤い子犬はやはりいなかった。

チコは数を読むことを知らないのだろうか、見た目には平然としているように感じる。子犬が一匹ずつ他家へ貰われていくのは当然のことであるとはいえ、事実直面してみると、表現しようのない子犬への愛着を覚えていた。目を病んでいたのかもしれないと気にかけて、暇があると抱いていたからか、他の子犬たちより特別僕に懐いていた子犬がまずいなくなってしまったのだから、胸の裡は空ろな気分になり、いささかその衝動は大きく感じられた。勿論、あどけない姿態で懐いていたから深い愛着もあった。立った親の乳房にぶらさがって乳をのもうとしていた時のポーズ、餌のご飯をやわらかくしてカツオ節をかけた餌を食っていた時の鼻息、糞をする時のポーズから、一動作ごとに

チコ

あどけなさを連想させる。ジャレつく行動などまさに子供だった。

とにかく貰われて行った先方で健やかに育つことを祈ることしか、いまの僕には出来ないことである。

まっ白な毛色だったスピッツのチコは、現在もある小田原郵便局の建物の二階に電話交換室があって百人ほどの電話交換手がいて、電話をつないでいた小田原電報電話局と小田原電気通信管理所があった。箱根湯本と国府津に分局があって統括していた。管理所の庶務課に僕は昭和二十六年に採用されて勤務していた時、事務棟に入る時に守衛室があって、常時制服制帽をかぶった守衛さんの一人の家で飼っていたスピッツが生んだ子を貰った。全くの純粋な血統ではなかったが、体の大きさや毛の長さ色合いはスピッツそっくりだった。チコと名付けたのは、その頃ラジオ放送のドラマで若い女主人公の名前が可愛いくて、雌犬だったことから名付けたと記憶している。

その後昭和三十七年二月に東京の関東電気通信局秘書課に転勤になったり、結婚したりして家を離れた生活をしていた。

長男が二歳になった誕生日の四月二十四日だった。とび石連休でどこか家族で出かけようと思い付いたものの、懐具合もあまりゆとりがなかったこともあって家でぶらぶらすることになったが、思い立って家内が運転して、スバルの軽自動車で、水之尾の先の伊張山へ出かけようと思い立った。それこそ十年以上前になるかもしれないが、途中でワラビなど取れるかもしれない。子供の頃父が連れて行ってくれた周辺には山女魚がいた谷川や山栗など取った記憶があった。

伊張山には、小田原北条氏の出城があったといわれている水之尾から西の方角へ三粁ほど行った北条氏の戦《いくさ》場とも伝えられていた。なだらかな草地で、そこからしばらく北西方に行くと、久野川の上流があってウナギ・ヤマメなどがいる渓流もある。渓流の土橋を渡って左方向に行くと箱根の宮城野へと抜ける幅四米位の久野林道に出る。ヤマメ釣りも出来て、秋には山栗もとれる地帯である。

久しぶりに行った伊張山周辺の景色は、あまり変化していなかった。伊張山手前には、板橋の益田男爵邸や古稀庵の庭の池に引水した川巾一米位の甲水には、相変らず豊富な水が流れ、少し下だった林の斜面にはエビネが数株生えていた。

連休二日目の夜だった。会社の依頼で板橋にいる友人の箱根細工店に頼んでおいた短冊掛を受け取りに行きながら、旧東海道に面した実家に立ち寄った。

チコの仔たち

そして、僕の顔を見ると、

「チコが死んだよ」

母がいった。

「いつ？」

反射的にきいた。

「四月二十八日の朝だったね」

父に念をおすように、母が答え、父がうなづいた。母は一寸うつ向いた。

「前の日夜、一寸くーんと鳴いているなと思って朝の食事を持っていったら、小屋から出てこないので変だなと思って中を覗いたら死んでいた」

母が話してくれた。

時折実家に行って会っていた時には、元気でいると思い込んでいた。健康そうで尾をふり喜んでいて少しもそんな気配が感じられなかったと思っていたが、天命であろうか。

東京へ転勤してから家内と一緒になった時、引き取って育てるといったのだが、ずっと家にいたのだからと、父も母もうちの犬として面倒をみるといわれた時、兄も妹も子供たちは家を出て二人の生活になって寂しいのかも知れないと、父や母のことを勝手に思い込んでチコを残しておいたのだが、どれ位心細い思いで日々をすごしていたことかと思うと胸が痛む。

「丁度おじいさんの亡くなった日だったよ」

母がいった。母の父のことである。

天命であったのであろう。それでもわが家にゆかりがあって暮らして死んでいったことを結び付けて考えると、わが家系の中の家族として生命を全うしたのだと思った。チコは安楽であったと思う。ただ残るのは、尽しきれなかったチコへの思いが、自分の身勝手さに原因していたのではないかと反芻すると、悔いる思いがあった。

「人には踏まれない静かな櫟林の中に置いてきたよ」

父が話してくれた。

「下の畠に下だる所？」

「うん、石を置いてあるし、首輪がのせてあるから解るよ」

父は苦労人である。

子供の気持を察してくれて、済ませてくれたことと思う。

チコもあの場所なら、数回僕と一緒に行って、里芋や薩摩芋など育てたことがあるし、父に連れられて行って、僕たちの回りを駆けて喜んでいたこともある畠の脇にある。山林はわが家の持ち物だからよく知っていて、安心してチコは眠れることだろう。

「線香もあげてきたよ」

父がいった。

「有難う」

声にならなかった。胸の奥で父に感謝への思いとチコへの感情が溢れそうで、涙がにじんでくる。チコよ、安らかに眠れ。


しばらく経った或る日、父が教えてくれた場所へ行ってみた。

風祭橋を渡って右折し、石垣積みの堤防の上の道を三百米ほど西へ行くと、大人がひと抱えでは幹が回わらない太い松の木がある。その左裾を抜けると川巾一間余りの早川集落への田畠用水がある。橋を渡り、登り坂にかかる所から板橋の実家の持ち山になる。その山裾には水門があって、山裾に添って取水水路が二百米位上流にあり大口と呼んでいる。早川用水は車川と呼んで、戦国時代頃から綿の実をくだいて油をとっていたと伝えられ、水車が多くあったことから車川と呼んでいたと言い伝えがある。そこからしばらく登り坂を行くと、蜜柑畠がある。登り坂の中ほどからは下の畠へ下だる細い道があって、周辺は櫟などの雑木林になっているが蛇が多い。

坂道の途中から林の中に入ると、一米五十糎ほどの高さの先が尖った大石があって、その奥にチコは眠っていると、父からきいていた。

細い道を少し下だると、足元の草が、がさがさと動いて、太さ三糎ほどはあると思える山かがしが、草むらへと動いていった。

チコの墓はすぐに解った。周囲の草は刈られ、三十糎ほど大きさの石の上には見覚えがある首輪が載せてあった。しゃがみ込んで線香をたむけて手を合わせた。

風が止んで、右手の足許から早川の流れの音がきこえてきた。胸につかえていた諸々の気がかりだった思いが、流れの音と共に流されるように、ふっと消えて行く気がしていた。

雑種「バブ」

生まれたのは昭和五十九年十二月十一日と、家内は習字に来ていた宮地さんのちい子がいっていたから間違いないと話していた。

家にちい子さんが連れてきた時、一見してねずみ色と白色の毛が交り、ちじれた長い毛に覆われていて目がどこにあるのかわからない姿で、自転車の荷物を入れる籠に乗っていた。首をかしげたりすると可愛い子犬だった。

それから数年経ったある日の朝、突然吐いた。ドックフードや夕食に食べた物を吐いてしまった。二月十八日だったが、食欲がなくなった。その後家内がソーセージをやると美味そうに食べたという。明日税務署に確定申告書提出の帰りに、薬を買ってきてやろうと話し合っていたが、朝夕の散歩に行った時には便もするし尿も出ていた。しかしどことなく活気に欠けていると気付いた時もあった。

バブ

翌日の十九日の朝は、少々食事をした後吐いていた。茶色を帯びた水のようであった。気になって、かかりつけの難波先生に診てもらうことにした。夕方になって来てくれた難波先生は、聴診器を当てていたが、フィラリアらしいという。さもなければこれほど心臓が弱くならないと説明してくれた。

まさか、と思った。しかし咳のようなものを以前から時々していたが、元気な頃には食欲もあり、いつもペロリと食べていた。しかも通りを歩く人の姿を見ると、よく吠えていたほど活気に充ちていた。そして、家内と僕と石垣山への坂道を散歩によく行ったこともある。数日前も、町の景色や小田原城や海が眺められる坂道を登って行ってきたが、よく歩いていた。しかし考えてみると、以前ほどの活気はないように思え、時折空咳をしていたことが思い当たる。

灘波先生は二〜三本注射して、薬の錠剤を七種類ほど朝夕飲ませるようにということだった。バブは大丈夫かもしれないと話ながら、居間で茶を飲みながら雑談していた。

灘波先生の夫人は、北条氏二代目の氏綱の娘香沼姫にゆかりがあることから、北条氏について詳しく研究していて、一九九〇年四月『小田原北条女物語』と題した冊子を書いている。そして、山北町教育委員会から、河村城の調査を頼まれたので、一緒に加わってくれないかと誘われた。そんな話をして灘波先生は帰って行った。

バブが家にきた最初の頃は、母屋の裏に二軒続きのアパートがあって、家内はそのうちの奥の一軒で十数人の子供たちに習字教室を開いていたので、母屋とアパートとの空地にバブを置けなかった。母屋の東側にあった水道の蛇口がある水場の前に、ベニヤ板を屋根の代りに立てかけて、そこにバブをつないで置いたので蚊にさされてフィラリアになったのか、或は一夜城に散歩に連れて行った時、畠の脇の溜め池の水を飲んで蚊のボーフラとフィラリア菌を一緒に飲んでしまったのだろうかと考えてみたが、バブは生まれた時からフィラリア菌を持っていたらしいと灘波先生は説明していた。時折する空咳は、そこに原因があったようだ。

家内の習字教室が終ってからは、母屋とアパートの間の空地にバブの小屋を作り、毛布を敷いた。終日、出たり入ったりして気に入っていたようだった。

十九日の夕方も、散歩に家の回りを二十分ほど歩いた。元気よく歩いていつものコースを通ったが、途中で坐り込む状態になった。疲れているのかと思った。しかし、家の近くに戻ってくると、元気な足取りで小屋へと戻った。

大丈夫のようだと思いながら、家内と薬をのませた。

夜半、バブが悲しげな声で鳴いていた。時計を見ると二十日の午前一時に近い。どうしたのかと思って行くと、裏の家前の水道のゴムホースにバブを繋いだ紐がからんで、小屋の中に入れないので鳴いて知らせたのだ。外へ出て隣りの蜜柑畠から駐車場辺りを散歩して戻り、床についた。そして、起きていた家内に説明したが、なんとなく不安な気分が残っていた。用便は済したのだが……。


翌朝、七時四十分頃、家内が見に行った。そして、バブが血を吐いていると知らせにきた。見ると、黒っぽい異臭がする血を吐いていた。

バブは苦しげだが、呼吸は落着いているように見える。昨日の血の色とはちがう。食欲は全くない。昨夜の夕食に鳥肉を煮てやっても卵焼きを鼻の先に近付けても、ふり向こうともしなかった。ただ水を飲み、穴を掘ってそこへ吐いては鼻先で埋めている。鼻の先端は泥だらけであった。

今朝のバブはいままでとは違う。全く元気がない。散歩の綱を出して誘っても動こうとしない。灘波先生に家内が電話した。そして、血を吐くのはフィラリアの特徴だといった返事で、今日は静かにさせて置くようにとだけいわれたと、電話を切った。

それからまた血を吐いた。コンクリートの上の血の色は、やはり黒っぽく異様な匂いがする。しかし、小屋の中に入ったバブはじっと動かずに、呼吸も安定しているように見える。

しばらく経って様子を見に行くと、呼吸がおかしい。家内が薬を飲ませたが、飲み込むのがやっとといった感じであった。

見守っていると、全く元気がない。苦しみを耐えているといった感じがしてきた。動かずにいるバブを見詰めながら、家内と交互に、

「バブ！　バブ！」

と声をかけて励ましながら、目の前に手をやると、まばたきして反応があった。

それから暫く経って、家内が様子を見に行って、おかしいと呼びにきた。

目の瞳の中が動いた気がしたが､反応を示さなくなった。少し様子を見ることにして、家の中へ戻って、再び見に行った家内が、

「バブがおかしい」

と僕を呼んだ。

急いで行くと、体が痙攣している。開いた目の瞳に反応がない。呼吸が吐息のようにだんだんと細くなり、体の動きも少しずつ薄れていく。

二人で、

「バブ！　バブ！」

と励ますが、すでに瞳孔は開いたままの感じで反応はない。

二人で体全体をさすりながら、もう駄目なのかと思うと、諸々のことが重なって思い浮かんできて、涙が溢れそうになる。

長めの少し縮れた毛が小刻みにゆれている間は、息がある証拠だと思いながら見詰めているうちに、静かになって動かなくなった。

「バブちゃん！」

家内も涙ぐんで呼んだが、反応がない。目を閉じてやりながら、

「バブ有難う。いろいろ守ってくれて……」

と声をかける。

時計は午前十一時二十五分だった。

生まれて七年目に入っていたが、若い死であった。

何故もっと早く手当出来なかったのかと後悔したが、今更どうしようもない。

「バブよ、さようなら」

午後二時半頃家内の運転で家を出て、小田原市久野にある処理場へ行って手続きを済ませて家に戻ったが、なんともいえない侘しいふん囲気である。

灘波先生に、バブの死を伝え、生前の世話になった礼を述べると、

「寿命だったのでしょう」

慰めてくれた。

午後、聡夫から電話で、

「バブはどうした？」

といってきた。

「死んだよ」

知らせた後、夕方になって、章子からも電話があった。

犬の手帳に、バブの戸籍、雑種、茶白毛色、中型、雄と記入されていた。

バブ、平成三年（一九九一）二月二十日曇、午前十一時二十五分昇天。

雑種「レミとモモ」

その他に雌犬レミがいた。馴染みの「かのや今井商店」で生まれたレミは、家内が子犬を見に行って気に入り、およそ一か月経った子犬を貰ってきた。平成十年四月一日だった。

大きくなるにつれて、姿のよい日本犬といった体形で、家族で大切に育てていた。そして、血統なのか門扉の向うの道路を通る人を見ると小屋から出て門扉の中で往復しながらよく吠えていた。しかし、家の者にはよく懐いて、毎日朝夕散歩に行くのを楽しみにしていた。

そんなある日、朝起きて散歩に出ようとした時、左目を開けない。まぶたを開けて見るとにごりが生じていた。そして少し熱もあるような肌ざわりだった。朝食後、家内の車で以前に私たちが住んでいた近くの道路脇にある、柴崎犬猫病院に診察を受けに行った。診断は結膜炎と角膜にきずが付いたらしい。微熱もあり、注射して目薬とのみ薬を出してくれて朝から三時間おきに点眼するように、のみ薬は朝晩のませるように指示してくれた。

翌日の朝になると、レミは元気が出たようだ。しかし目の色はよくならない。瞳孔は開いたままだった。レミに、家内が友人から貰った「ルルドの泉」をつけてみた。翌日家内と章子の三人で柴崎医院にレミを連れて診察を受けに行った。角膜の病気らしい。目薬を出してもらい、よくなるように祈るしかない。

翌日レミは元気になったが、左目には三時間ごとに目薬を付けていた。

平成十七年三月十三日（日）「酒匂川水系の環境を考える会」に「さまよえる酒匂川のあれこれ」と題して講演を頼まれた。

講演会終了後主催側との懇親会に参加した時、獣医の中山ドクターと知り合い、レミの診察をして貰うことになった。翌々日早速きてくれた中山ドクターはレミの目を診てくれて「緑内障」と診断して、のみ薬と目薬を届けてくれた。狂犬病の予防注射もしてもらった。

こんな症状を繰り返しながらも散歩には必ず行きたがった。散歩はレミを連れて私が

レミ

レミ（上）とモモ（下）

主に行っていた。

ある日、レミの散歩に行く途中の、用水の向うの蜜柑畠の中から近付いてきた体長四十糎位の子犬がモモである。平成十一年九月十九日の午後「キャンキャン」悲鳴のような声で鳴きながら、私の足元にすり寄ってきた。毛の色は白色にややピンクがかり、耳はたれていた。

散歩を途中で止めて庭に入ると、レミは温和《おとな》しく受け入れている。レミを一階のベランダに定住させるために置いた犬小屋に、モモが一緒に入ってもレミは受け入れた。レミは目の方もよくなっているのか、落ち着いていた。

その後、レミの目は少しは見えるようになったようで、中山ドクターも、「見えるようになったのかもしれない」

と話していた。

モモと名付けたのは、体色と温和な性格で雌犬だったところから家族で相談して決めた。

しばらく経つと、レミの右目が不自由になってきたようで、中山ドクターに診察してもらうと、目にゴミが入ったか、どこかに当たってキズがついたのかもしれない。お湯で洗ってやるようにといわれ、毎日目頭から目尻を洗ってやった。しかし、目を開けようとしない。

朝夕散歩に出たし食欲もある。目薬も毎日欠かさず続けた。

中山ドクターは時々診にきてくれて、抗生物質入りの目薬と眼圧を下げるのみ薬を処方してくれた。とにかく見えるようになればよいと、祈る気持で続けた。

一週間ほど経つと、レミは見えるような素振りになって元気が出てきた。

平成十七年七月十三日、レミを貰った今井商店に立ち寄った時、レミの症状を話した。するとと今井夫人は、板橋の秋葉山に貰われていった兄弟も、片目が見えなくなった。

「カラスにやられたらしい」

と話していた。

そのことを診察にきてくれた中山ドクターに話すと「カラスに襲われるのはおかしい」と首を傾げていた。

私もなんとなく同感だったが、「遺伝性ではなかろうか？」と感じた。

さらに、今井商店にいるレミの親犬も片目緑内症とのことだった。

モモがわが家に来てから二年後の九月二十四日、レミは、雷のひどい日に静かに息を引きとっていた。近くの山に雷が落ちて、稲妻と雷鳴がひどい日だった。目がよくないレミは、雷のショックであったようだと、家内と話しながら、レミを見送った。秋のお彼岸だった。

モモはそれから一年近く元気でいた。

レミがいなくなってから、モモは元気がなくなり、しばらくは私が借りてトマトなど作っていた畠にも一緒に行って、温和《おとな》しく見ていたが、やがて食欲が細くなり、次第に元気がなくなり、中山ドクターに診て貰ったり、胃薬をのませたりしていたが、気力が湧かず、寒い日には小屋の中の敷物の下にカイロを入れたりしていたが、体力は恢復しない。

猟犬を二頭飼っている近所の農家の人の話によると、「長年二頭でいた相手がいなく

レミ（左）とモモ（右）

なると、落胆して、寂しさで死んでしまうこともあるらしい」と説明してくれた。

そういえば以前に飼っていた二羽の頬白の雄が一羽死んでしまった翌日、もう一羽が息を引きとった体験があった。昼間は別々の場所でお互いに鳴き合っているが、夜は家の中に入れて並べておいたのだが、一羽が死んだ翌日、元気でいたと思い込んでいた一羽が朝死んでいた。その時原因不明だった体験があった。


五月二十四日、寒い日の午後、小屋の中にいたモモの呼吸が荒くなっていた。

中山ドクターに電話すると、すぐにきてくれて注射してのみ薬を出してくれて、「これで落着くでしょう」といって帰っていった。モモは手足をのばしたりしていたので、ほっとした。

午後四時すぎに家内が見て、

「モモ呼吸してないようだ」

というので体に触れてみると、体温はあって温かいが、呼吸してない。

「モモ、モモ」

と呼びながら体をなでたが反応はなかった。

目を開いて見ると、白内障気味だった目の色がすっかり消えて澄んでいた。午後四時四十分だった。

まだ会社にいる聡夫に電話で知らせた。

帰りに花束を一対買って早目に帰宅してきた。

夜、章子たち家族がきて、線香をたむけてくれた。

やはり悲しいものだ。やさしかったモモだけに、その想いは消えない。

他の犬や猫についてもそうである。

元気でいた頃の姿を思い浮かべながら原稿を書いていると、それぞれに追懐の情が湧いてきて、悲喜こもごもの思いが浮かんでくる。

三河犬「ジュン」

昭和五十六年七月十七日金曜日、先負であった。

早朝からジュンが例の声で鳴いていた。

既に明かるくなっている外は、今日もまた暑くなりそうである。ジュンは、まだ生きている証しに鳴いているなと思うと、ほっとする胸の内は偽れなかった。

しかし、鳴いているのは、数か月前から右後足の大腿部がはれて硬くなり、それが先日から痛くなって鳴いているのは解っていた。「わんわん」とか「くわんくわん」という声と、全く異なった声であるが、今朝もその痛みを訴えている鳴き声である。

考えてみれば、それは自分勝手な、いかにもわが儘な考え方で、ジュン自身痛さで鳴いているのは疑う余地はないのだ。右の大腿部の太さは倍位になっている。

「あんなに鳴いているのに……」

ジュン

家内が起きてきて、着更《きが》えながら言った。

言われて私は、われに返った。悲しげに痛みを訴え、時には目やにを多くためるようになったジュンの状態は、よく解っていた。

三河秋田犬の雌犬として立派な血統を有しながら、子供を生むこともなく、孤独に耐え、怪しい人間達には吠え立ててわが家を守ってくれたジュンである。譬え吠えなくとも、いるだけで威圧感を与えるに十分な体格をしていた。

何とかして欲しいと、痛みを訴えるようになって、十日ほど経っていたであろうか。その都度、バッファリンなどの鎮痛剤を飲ませていたのだが、暫くすると薬が効いたのか静かになる。一日二回薬を飲ませていた。

今朝は、薬を飲ませると、いびきを立てて眠った。近付いても気付かず、痛みのために余程疲れていたのであろうかと、目のふちの目やにを拭きながら思った。

夜おそくになって鳴き出したこともある。目のやにを拭いて薬を飲ませ、傍にかがみ込んでいると鳴き止む、安心するのか気がまぎれるのか。

家内は、

「涙なのよ」

と出る目やにを拭いている私に言った。

そして、私が床に戻ると、再び鳴きはじめるが、やがて薬が効いてきて静かな夜になる。そういう日が再三であった。

雨の日に用足しに行って戻れず、助けてくれと鳴いていた時もあった。途中で足が痛くなって立てず、腰に力が入らないのだ。近付く私を悲しげな目で見上げている。前足を抱えて、家の軒下へと運び込んだ。

或時は、パジャマや下着シャツまで、ジュンの体の汚れで土色が付着して、家内に知れることをさけて自分で洗濯したこともあった。知らんふりをして新しいパジャマに着《き》更《が》えていたが、家内は知っていて知らぬふりをしていたのかもしれない。そういう時のジュンは、ほっとして溜め息をついて横になり、しばらく経ってから小屋の中へ入って行く。

小屋は足を高くして、夏は床下を風が吹き抜け、少しでも涼しくなるようにしていたのだが、足に力が入らず、なかなか上がれずにいるのを見て、

「がんばれ！　がんばれ！」

と声をかけて力付け、自力で小屋の中へ入らせようとしていたが、次第に無理な状況

になっていった。

小雨が降る夜、見かねて小屋の足の下の台石を除いて小屋の床を低くした。小屋の足の木が腐って長持ちしないのではないかと考えてそうしておいたこともあって、床がじかに土に触れないようにしたのだが、もうそうした気配りは必要なさそうである。木が朽ちるまで、ジュンは生きてはいまいと思う。それでも、やっと出入りはしていた。

そのうちに、玄関の前に二段ある石段も上がれなくなっていた。上がれる間はまだ元気だったが、用足しに出る時は気が張っているからか、あるいは下だるのでたやすく出て行くようであった。用を足してほっとして、力が抜けてしまうのか、上がれずに倒れ込んでいる。時には助けを呼んでいたが、その都度抱えて軒下へ運んだ。

他の犬が入り込んでは困ると考えて、隣りの畠との境に柵をめぐらしたのを、取り除いて平らな道を付け、小屋の脇から後へ廻り、出入りをさせてやるようにしたのも、一カ月ほど前からである。

蜜柑畠へ入って小便大便を済ませ、再び隣りの雑草の畠の中をわが家へ戻ってくるのだが、一気には戻れず、畠の中で一時横になって休み、体力を恢復してから書斎の軒下の小屋近く辿り付く。そして、ひと休みしてから小屋の前までくる。其処でまた横になって休んでから、ようやく小屋の中へ入る。そういう日課へと落ち込んでいた。たまに玄関の段を下りられず、居間の前の庭を横切って、裏の家との間の通路を通り、大回りして畠へ出て行く時もあった。その時聞こえてくる砂利を踏む不規則な音が痛ましかった。しかし、食事はよくした方である。夜十時すぎの一食と決めていたせいか、よく食べた。当初は、僅かなしこりが右足にあったが、次第に大きくなって、かかりつけの灘波医師に診てもらい注射して血を出していたが、この儘固まればいいような話をしていた。何とか出来ないものかと思っていたが、医師の意見を信じるよりほかに手の出しようがなかった。

私は勤務していた病院の知人から抗生物質を貰って、食事の中に交ぜて与えていたが、一向に効果がなかった。どうしようもないことかもしれないと考えながらも、生きていることに変りはないし、時たま隣りの家の前の道路の方まで、片足を引きずりながら歩いていた姿を見た人もいることも聞いていた。まだ元気であると思うのは、勝手な解釈であるとは、あながち思えなかったが、雨の日は痛むのか、よく鳴いていた。そして、目やにをためていた。時折、眼薬を点眼してやった時もあったが、体力の衰えは日毎に目立っていた。

畠に犬たちが入り込まないように、ビニールの紐を張ってあって、ジュンは病む足が引っかかり、動けずに助けを呼ぶ声に、息子が連れに行った夜、畠の中にいるのを抱えてきた時の、ほっとした顔で見上げる目の色が忘れなかった。

瞳の色が白く濁ってきたのを発見したのは、何時の頃からであったろうか。所謂白内障かもしれないが、おそらく姿は見分けられるのである。小屋の前を通る度に、ジュンは必ず顔を向ける。元気であった頃には、家人の誰れかが帰宅すると、必ず、

「おうーっ、おうーっ」

と声を上げ、時には、

「きゃん！　きゃん！」

といった表現で喜びの声を上げて迎えた。

わが家の前には四米巾の道路があって、道路に沿って一間巾位の用水が流れている。昭和四十六年初夏に引っ越してきた頃は、道路補装してなくて、用水の側溝は石積みであった。

用水は、箱根山塊から流れてくる早川の水を、風祭の梅ケ窪の山の根から引水し、田

圃へと流し、下手で早川の集落を通り海へ出るのと、新幹線ガード下から左折して早川へ流れ込むルートに岐かれていた。従って、鮎や鰻、もくず蟹などが遡り、水が出ると、上流の魚たちが流れ込んで、豊富な魚の姿があった。

川底も石作りだったから川にななど螢の幼虫の餌になる貝もいたし、とんぼのやごも棲息していた。車が通ると埃が立ったが、夏の夜には源氏螢が飛び、川の水が少なくなると、鰻、もくず蟹がバケツに一杯捕れて、蟹は美味だったし、子供達は魚を追って興じていた情景があった。終日、せせらぐような音を立てて流れているから、引っ越しした当時は、気になったこともあった。

小学校に入ったばかりだった息子は、普段自然の中にいる鰻を見る機会がなかったから、水が引いた川の中を歩いているうちに鰻がゴムホースにみえたと言っていたことがあった。

ジュンはあまり好きでなかった。散歩の時には決して川の側を歩こうとしない。それでいて自分が勝手にとび回っている時は、平気で橋を渡っていく。川に下ろして体を洗ってやった時のイメージがよくなくて、嫌いになった原因かもしれないが、臆病ではない。

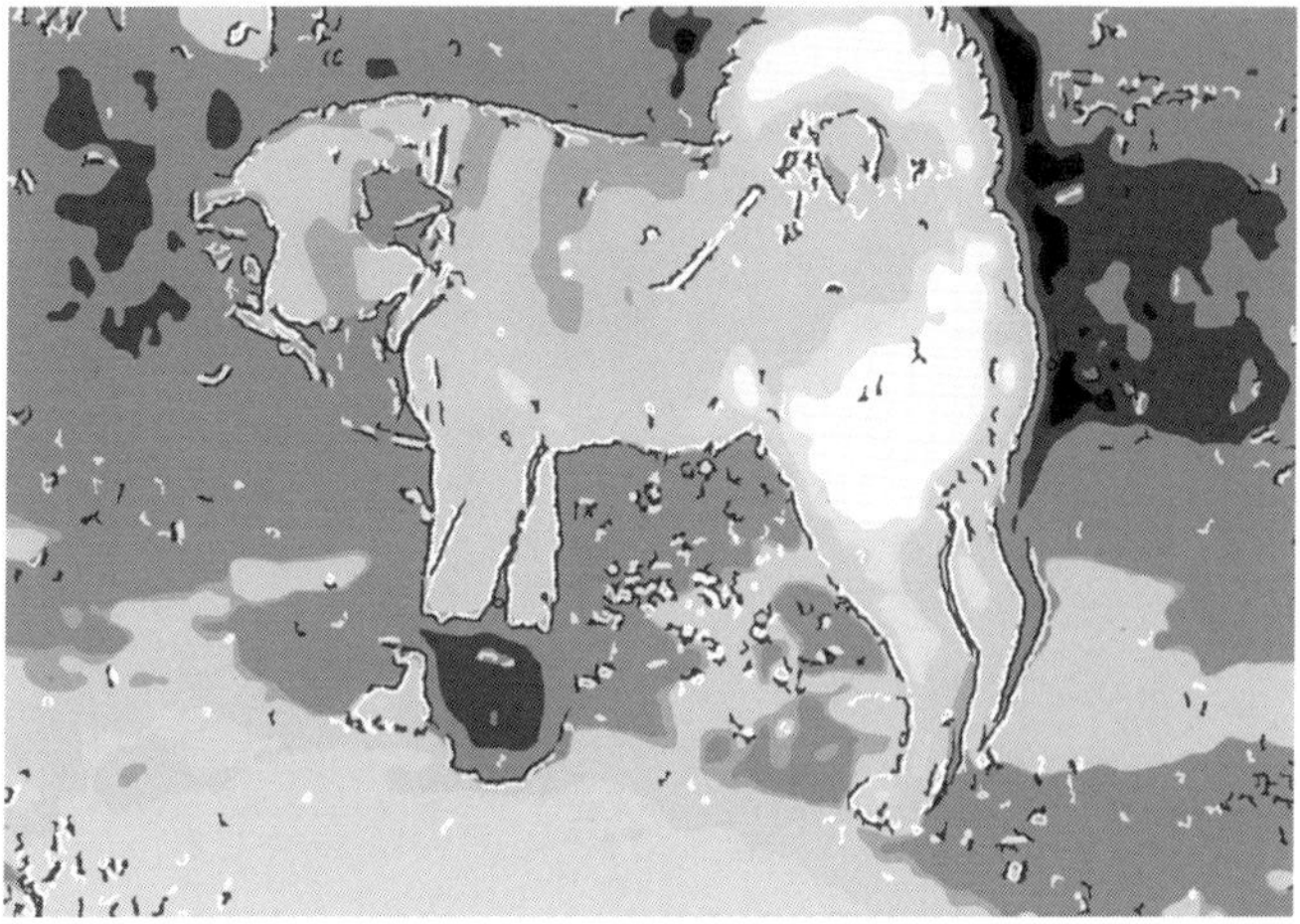

ジュン

若い頃には、紐を離してやると、長時間帰らなかったが、ここ二、三年は、用足ししてくると、直ちに小屋へ戻るか、庭に寝そべっていた。

朝晩必ず散歩していたが、散歩の途中で一度喧嘩をしたことがあった。何時もは、すれちがう相手が吠えついてきても知らん顔をして通り過ぎることが多かったが、その時は、余りにもしつこく吠えつくスピッツだった。飼主は何故か紐から離していた。当初は何時もの如くそ知らぬふうにしているジュンにまつわりついて、かん高い声で吠えていた。

独身の頃、会社の知り合いから雑種交りのスピッツの子犬を貰って育てていたころがあるから、スピッツは嫌いではなかった。

飼い主は傍に立って黙っている。あげくの果てはジュンの足にかみつきはじめた。二度ほどじっと耐えていたジュンは、とうとう爆発してスピッツに襲いかかった。その時、私は意識的に紐をゆるめていた。ジュンはスピッツの首にかみつき離そうとしない。この儘放っておいたらどうなるかと思う一方、飼主がついているにもかかわらず放置しているという気持が許せなかった。

「やめろ！」

と口先きで制止していたが、私は徹底的にやっつけてもいいと、ジュンに目で合図していた。

ジュンはその気持ちを察しているのか、図にのっていたスピッツにのしかかり、無言のままかみついて放そうとしない。そして、その状態で首を振りはじめたジュンの行動に、スピッツの悲鳴がだんだんと小さくなっていく。

飼主は、ぼんやりと眺めているだけである。

これ以上続けたら相手の生命はどうなるか分らないと思った時、ジュンが放した。そして、再び元の散歩に移った。スピッツは、尻尾を股の間にはさみ込んで逃げて行った。

ジュンは他の犬が近寄っても決して警戒心を表現しなかった。いわば母親的な立場の行動をとっていて、迷い子になった犬が近寄れば、黙って迎えた。しかし、自分の食事を狙って隙あらば盗んで食おうとすると、猛然と吠え立てる。猫に対しても、それは同じだった。

何時か、娘が子猫三匹拾ってきたことがあった。いや拾ってきたというより、心ない人間が管理不行届きで生ませておいて、家の近くの蜜柑畠の脇に何時の間にか捨ててあったのを、雨の中をにゃあにゃあ泣いていたのを不憫に思い、軒下に入れ、外において餌を与えていた子猫である。

その時、ジュンはまるでわが子の如くに接していた。小屋の中に入り込んでも怒ることもなく、戸惑った表情で小首を傾げて見ている。家の者の誰かが手がけた動物であることを承知していたのである。排他的な態度は、一度も見せたことがなかった。

家で飼っていた猫にしてもそうであった。何時の間にかいなくなった茶と白のぶちの雄猫ミーコなどは、ジュンと一緒に散歩に行っていた。私がジュンの首輪に綱を付けて家の門を出ると、何処からともなく姿を見せて後についてくる。そうして何時ものコースを一周する間中ついている。そのミーコは、時折家内に叱られた。すると、ジュンの小屋の中へ待避した。ジュンは外へ出て、暫く様子をみているのだが、ミーコはまた叱られるのを怖れて外へ出てこない。ジュンは、その間外で寝そべって待っていた。

ある時、家内の故郷茨城の友人たちと湯河原で同窓会があった。その帰りに大挙してわが家に立ち寄ったことがある。女の盛りに達した人たちで、にぎやかに話しながら居間へ入った時、ジュンはつられたのか、または自分もそういう女の人たちと仲間かと思い込んだものか、それとも誰れかが呼び入れたのか定かではなかったが、気付いたら居間に上がり込んで並んで座っていた。

ジュンは、丁度一か月位経った子犬だった頃、新宿の西口にあった川原ケンネルという犬屋から買った。たしか八千円だったと思ったが、雄雌一頭ずつ兄妹でいたのを、雌犬の方が利口で用心深いから、愛玩、番犬兼用には雌犬の方がいいという家内の、秋田犬を田舎で飼っていた体験の意見であった。

私もスピッツの雌を飼っていたころがあり、雌犬の方が性に合うような気がした。

昭和四十五年の頃で、三河秋田犬で全体にもこっとした茶色だったが、鼻の先だけがまっ黒だった。

「大きくなると耳が立って尾も立派になり、巻きますよ」

と店の主が成犬になった時の写真を見せてくれた。

何かの縁があったのだろうと思っていたが、子供達はまだ七歳と四歳位だから雄であろうが雌であろうが、どっちでもおかまいなしに可愛さが先にたっていて、将来のことなど眼中にないといったはしゃぎようで喜んでいた。ダンボールに入れて小田急に乗ったが、小田原に着くまでの間中鳴きはしまいかと気をもんでいたが、難なくわが家へ着いた。

その頃、私たちは東海道線の鴨ノ宮駅から北の方向へバスで十分程行った矢作の県営住宅に住んでいた。まだ周囲は田畠が広がり、小川にはタナゴなどの小魚がいた。富士山も終日眺められた。

家へきてから数日後から具合が悪くなった。どうもテンパらしい。腹ばいになった儘鼻汁をたらし、目はとろんとして力がない。この儘では死んでしまうのではないかと家内と話しながら、クロマイの錠剤を手に入れて飲ませた。夜も家内が寝床に入れて看病していた。

そうした看護の甲斐があって、間もなく元気になった。元気を取り戻したのだが、暫く家の中に置いておいた。

そういう習慣付けを時折思い出したものか、

「おいで！」

と家の中で呼ぶと、何のためらいもなくジュンは玄関から泥足の儘上がってくる。

家の中は二十年以上経っていて、木肌などもきれいであるとは言い難い。まして戦後の忙しい復興期に、近在の農家から半強制的に土地を坪当り十円程度で提供させて出来た住宅であるから、柱も立派な材料を使ってはいないし、建具も一般的なものであった。

しかし、家の中はそれなりに清潔で、親子四人住める状態ではあった。

其処へ上がり込むのだから、家内に、

「ジュン子は何やっているの」

と叱られる。

しかし、当人は平然として子供たちとたわむれ、子供たちもいい遊び相手になって楽しんでいた。

早川に家を建てて、いまの住いに移ってからも、そういう習慣を思い出したのか、その時ジュンはごく普通の態度で上がり込み、菓子を貰って食べているのを家内が話の合間に気付いた。

「駄目でしょ。行きなさい」

と言われて、外へ出たというのである。

家内の犬好きの友人の脇にいることを、全く気付かずにいたというのも、迂かつな話である。長い間、人と動物と分け距てない感情で、家族が接している習慣がしみ付いているからか、それをジュンもわれは人と同様、と思い込んでしまう時もあるのかと思うほどであった。

そういえば、娘の章子が散歩に連れて行こうとすると、気が向かない時は外へ出るのだが動こうとせず、小屋の中へ戻ってしまう。

しかし、年を取ってからは、一人でとっとと行ってしまう。呼べば振り向くのだが、

「戻りなさい」

声をかけても平然と畠の中へと入って行く。

その中には用足しも入っていたとは思うのだが、ひととおり散歩してこないと気が済まない。扉も自分で押し開けて出て行って、何時の間にか戻っているといった塩梅である。

時折、長時間戻らない時があった。此処は、丁度東京方面から熱海や箱根へ通じるバイパス道路の降り場になっていて、熱海へは厚木小田原道路を下だってきて、わが家の少し先を右手に坂道を登ると、東急ターンパイクへ入り箱根へもっとも近道の急斜面道路になる。右へ登らずまっ直ぐ進めば熱海へ通じる唯一の海岸線に沿った道路である。モーテルも近くには増えて、車の数も多くなってきている。

そういう周辺環境の中にいるジュンは、交通事故に遭って帰れないのではないかと思ったりして安じていると、ひょっこり戻ってくるといった行動もあった。夜は夜で、

ジュンが扉を開けて出て行った気配を感じながら、書斎にいると、ぺちゃぺちゃという音が窓下でする。ジュンが戻って水を飲んでいるのである。

「何処へ行っていたんだ」

と声をかけながら覗くと、尾を振って溜息をつき、さも疲れたと言いたげに小屋の中へ入って腹ばいになってしまう。


そうした懸念をしていたことが、何時か現実となった。

何時も一人で適当に散歩に行って、適当に戻っていた習慣が付いていたから、その日も、そのうちに戻るだろうと家内は思い込んでいたと言うのだが、会社から帰ると、

「ジュン子がいないのよ」

心配顔をしていた。

昭和五十五年八月六日の水曜日の夕刻であった。

夜に入ってからも帰らず、家族で近くをさがしたが行方不明。息子の聡夫は自転車で道路の向う側をさがし回ったが発見出来ず、夜おそくになって、家内が車を走らせて散歩コースなど心当たりをさがし回ったが行方知れず。生きていれば帰ってくるであろう

と、気安めに話しながらその夜は更けていた。きっと朝になれば戻っていて小屋の中にいるかもしれない。夜、喉をからからにして水を飲む音をさせるかもしれないなど、はかない希望を持ちながらも、半分は何事もなければよいがと不安を覚えながら床に入った。

七日の朝になってもジュンの姿はなかった。日中、家内は、何時も遊び回っている蜜柑畠の中をくまなくさがしたが、見当たらなかったと言う。

息子は自転車で新しく出来た受託地オレンジタウンの山裾や、町外れの土産物やセドル近くまでさがしに行ったがいなかった。

夕方になって、市営アパート近くの子供達がジュンを見かけたという情報が入り、どの方向へ行ったか尋ねたら、奥山根公園の方を指さしたということで、夜更けてバイクで見て回ったが、依然として不明。

会社へ出勤していても気持ちが落ち着かず、何か身の上に起きたのではないかと、悪い方へと考えが移りやすく、時折電話してみるのだが、相変わらず姿を見せないという家内の返事であった。

八日も相変わらずジュンの姿はない。家内は、帰ってくるおまじないをすると言って、何時もジュンが使っていた食器を、小屋の入口にふせて置いた。

しかし、今日もジュンは帰らず、夜になって息子が自転車でオレンジタウン周辺まで行ってみたが見当らず、夜の犬が吠える声が似ていると思って、もしやとバイクで見に行ったが見当らず、相変らず不明のまま、今日で三日目となる。生きているとも死んでいるのかとも、考えあぐねる日々である。そして、生きていれば、必ず帰ってくる筈だと気休めに思ったりしていた。

おまじないは、一度家にいる三毛猫レフティーが家出して帰らなかった時に試みて成功していた。

レフティーは、ブルーペルシャの子猫が家にきて、家中の視線が毛が長いブルーのペルシャのおどけた顔の表情に興味を覚えて注目してしまい、レフティーはどうでもいいような立場になっていた。レフティーは、それを察知して家出をしたのだが。二週間ほど経って戻ってきた。痩せて三毛の色合いがすっかりよごれ、見にくくなっていた。しかし、いなくなってみると、家内をはじめ娘も息子も気になった。何処へ行ったのか全く見当付かず、厚木小田原バイパス道路へ通じている道路の向う側に住んでいた家内の友人が、レフティーを見たという家の近くの公園の草むらを、歩き回ったりしてさがしたが、一向に姿が見えずにいた。

家内が友人からおまじないの話を聞いてきて試して一週間経つか経たないかの内に、やせてよごれた姿で帰ってきたのである。丁度長旅でもしてきたような感じだったが、その効果に、

「たしかに効果ありだわ」

家族でもっとも猫好きで、猫も懐いている家内は、レフティーが戻ってきた喜びが一段落すると、感心していた。

レフティーは、家にきた時、毛が長くなんともきみょうで困ったような表情をしていた。掌にのるほど小さかった。ペルシャと日本猫の合いの子のような感じで、大きくなってからはビロードのような肌ざわりの毛なみをしていたが、私が横浜の保土ヶ谷に東京から転勤して知り合った富盛さんが持ってきてくれた猫である。昭和五〇年頃だったと思う。

息子や娘はもとより、家内が加わって夜はとり合いが生じていた。

レフティーと名付けたのは、娘の章子だったと記憶している。映画か何かにレフティーという猫が主人公で出ていた名前からヒントを得たのだと思う。そのレフティーにして

みれば、見慣れない新参者の子猫が今度は家族全員の興味が一斉に向いて、自分の方には一向に目もくれない。いてもいなくてもどうでもいい存在ではないのかと、すねて、家を出たものの、長い期間になると冬の夜の寒さが身に堪え、餌も自分でさがして食う大変な苦労をしなくてはならなくなった。家にいれば、寒ければ炬燵の中へ入り、ストーヴの前で暖をとることも出来るし、食い物も十分あることが懐しく思い出されてならなかったに違いない。外の自由は、家の中から見て想像しているほど甘いものではなかったことを、レフティーは身にしみて、遂に帰ってきたのだと思う。

そういう実績があって、家内はおなじないを試みていたのである。

それから十日ほど過ぎた頃だった。突然知らない人から電話を受けた家内は、ジュンではないかという連絡を受けた。

「鼻の先が黒くて耳が立っている茶色の大型犬で、ちりちりと音がする首輪をしています」

「そうです。家の前を疲れ切った様子でよたよたと歩いていたのです……」

知り合いの獣医の所へ預けておいたのだが、保健所へ連絡したところ、そういう犬をさがしている人がいると聞いていたので電話したということであった。

ジュンがいなくなってから、家内が保健所に手配しておいたのである。犬とりに捕まっていれば保健所で分かる筈であると、考えていたからである。

「それで何処にいたんだね？」

会社に電話をかけてきた家内の声は弾んでいた。

「競技場から小田原駅へ抜ける道路ですって」

一人で行く場所とは考えられなかった。おそらく、姿が良い犬だからと車にのせたが、途中で考え直して捨てたに違いない。他所の土地へ行ったことがないジュンにとっては、全く方向性を失い、空腹をかかえてさ迷い歩いていたに違いない。心細くとぼとぼと歩き疲れ、見知らぬ町の中でわが家をさがしていたに違いない。

家へ戻り、食事を与えると、やがて元気を取り戻したという。知らせてくれた奥さんはそう説明していたと家内は話していた。

「ばつが悪かったのか、ジュン子の奴は澄ましていたのよ」

家内が引き取りに行って、久しぶりに会った時の状況を説明した。

まだ、わが家に縁があったのであろうと思った。その儘、何処の犬か知れずにいれば、いま頃は塵芥処理場か何処へほうむり去られていたのではないかと思うと、発見出来てよかったと、ほっとした。

会社から家へ帰って、ジュンを覗き込んだ。ひょうひょうとした表情で小屋の中にいるジュンは、隠居所に鎮座する老人の如く、家にいてやっているのだといった傲慢さを印象付けるようでいて、行く処のない哀愁を帯びた雰囲気を持っている気配をも感じた。

私は、ひょっとして自分から家を出たのかとも思った。それなら何処へ行く当てがあったというのだろう。いまの処に住むようになった前は、東北の方角に当る鴨ノ宮にいたことがあった。子供の頃住んでいた思い出の場所を訪れてみようという気になったものかとも、考えたりした。

それ以後、ジュンの家出はなかった。家の周囲しか行かなくなった。

そうした行動から察しても、誰れか不心得者に連れていかれたに違いないという思いがしてならなかった。もしや、前の畠の持主ではあるまいかと勘ぐったりした。何時も散歩するのに前の畠を通っていたジュンは、わが家で東急ターンパイクから借りて車庫にしている土地の延長地に、草花や茄子きゅうりなどを、グラジオラス、バラの花などとごちゃごちゃに植えて、楽しんでいる場所もその一部であった。畠の主は、かつては自分たちの土地であったと、当然の如く話していたこともあるから、面白くない。そこへ犬が入って遊んでいるから気に入らない。ということになる。

全く見知らない人間にたやすく捕えられる筈がないジュンのことを考え合わせると、畠にきている人の姿は見慣れているから安心して近付けると思いたくもなる。もしそういうことであるとすれば、ジュンの足が悪くなったのも、叩かれたか意識的に車をぶつけたのかとも結び付けたくなる。

顔の表情から察しても性はいいとは思えない初老夫婦である。話す声が幼児のようにかん高く舌がよくまわらない甘ったるい口調の細君と、胃でも病んででもいるような顔色の旦那は、不快感を催す以外にない人達である。

もしかすると、思わない方が正常ではない感じさえ受ける。一度などは、全く蜜柑畠からは離れたターンパイクの借地の川べりに、猫柳の苗を植えておいたところ、抜いて放置してあった。子供がわざわざ入り込んで、そんなことをする筈はない。草取りにきたついでにいやがらせをしたとしか考えられなく、残った消毒液を平気で前の川に流す無神経さである。

かつては畠の持ち主の持ち物であったかしれないが、それ相応の価格で売って、ターンパイクから金を受け取った以上は、権利は皆無である。ターンパイクを売る前は、土地の持ち主だったろうが、それでは、それ以前は誰れの持ち物だったのかと聞きたくなる。箱根権現の所領地であった筈だし、それより昔は天地創造者が所有していたものではないだろうか。

売って手離した土地の元の所有者だから、その土地をも采配出来ると、思いちがいをしているのか、常識外れも甚しく世の中には訳の分らぬ人間がいるものだ。

しかし、考えてみれば、全く大人げない話である。持主は明確になっていることだから、目くじら立てて誰れの土地かなどと考えること自体馬鹿げた話だ。

それにしても、いまどきこんな考えを持った人間がいるのは実に不可解である。文明どころの話ではない。しかも五反になんなんとする蜜柑畠を所有している身である。物持ちほどけちで分からずやで料簡が狭い人間が、まだこの土地には多いことも気付いた。そういうふうだから、財産を残すようになったのかもしれない。

ジュンがいなくなったことの要因が、それらが原因しているという証拠がつかめないだけに、心貧しげなやり方から推測して、疑問視するだけである。

元気な頃のジュンは、奇妙な癖があった。

ハーモニカを誰かが吹くと、

「うおー、うおー」

節を付けて鳴き声を上げた。

子犬の頃は全くそういうことをしなかったが、成犬になってから気付いた。それとも若い頃からそういうことをしたのだが、家の者が誰もハーモニカを吹かなかったから、気付かずにいたのかもしれないが、ハーモニカを吹いている間中、何時も声を立てていた。

「あれで歌っているつもりなのね」

家内は、笑いながら書斎のガラス戸から覗き込んでいる。

それが最近になって、鳴かなくなった。

息子がハーモニカを持ち出して吹いたが、全く反応がないのである。

「あれだけ吹いているのにね」

気落ちしたように、家内はジュンを見詰めているが、何時まで待っても耳すら少しも動かそうともせず、じっと横たわった儘でいる。

立って食事をしていたのが、その頃には坐り込んだ儘の姿勢でし始めていた。食器は、使い慣れた直径三十糎位の大きさで、家内がサラダなどを作る時や洗い物用にしていた、まだ新品同様なのを、ジュン用にと言って使うようになったものだ。

そして、食欲も時折なくなり、私が会社から夜おそく帰ってきて見ると、中に食事が残っている時が度々であった。あまり食べなくなったと言って、家内は気を使い、贅沢な内容にしているのが、口を付けない時もある。

「ほら、これを食べな」

夜中になって、皆が寝静まった頃に、こう言い聞かせる時もあった。

するとジュンは、食器を抱え込むようにして食いはじめる。そして、休む。

「食べなさい！」

命令調で言うと、再び食いはじめる。

食い終わるのを見届けると、夜中十二時を回ってしまう時もあった。しかし、食わなくては体力は消耗する。それでなくても骨ばかりになったような腰の手触りになっている。老犬になったためとは言い切れないと思う。痛む足の痛さを耐える辛さに、身が細ったのではないかと思うから、体力を付けてもう一度自分の足で元のように歩き回れるようにと、祈る気持ち以外に方法がない。果して、この気持ちがジュンに通じているかどうか不明だが、全く感じないことはないと思った。

それにしても、傷んでいる腿の部分は普段の倍位の太さにはれて硬くなり、足の先端の爪は伸びて円形を呈するようになっていた。ニッパーで切ってやっても、足はつくことも出来ず、だらりとした儘、爪先きはぶよぶよした感じになっていた。その部分は時折すれて血が出ているのを、赤ちゃんを付けて包帯をするのだが、すぐに取ってしまう。

家内はいっそのことパンツを履かせたらどうだろうかと言うが、一度試してみてうまくいかず、長ズボン下を履かせ、湿布をしたが、それも間もなく取ってしまう。諦めて結局その儘にしておいたが、細くて形がよかった足は太く、時折さすってやっていた。しかし、一向に治りそうもないといった悲観的な状態である。この儘悪化せずに固まってくれればそれでもいい。そして、痛みもなくなってくれたらいいと、悲しげな目付きで見上げるジュンを不憫に思う。

私たちが鴨ノ宮の矢作に住んでいた頃は、大きめの小屋を引きずり回していたので、地面に杭を打ってそれに小屋の足を結えて止めておいたこともある。うるさい位に吠えたりした時は、小屋の入口に柵を作って外へ出られないように閉じ込めた。するとジュンは柵の板をぼりぼりとかじって細くしてしまった。

大きくなる犬だからと買った店主から言われていたから、二糎近い厚めの板を使っていたが、長方形の縦長に作った戸口の両側を、暇にあかしてかじり円形に変形させてしまったことが二度三度あって、入口の板をその度に補修した記憶もある。

散歩の時などは、どんどん先へ先へと引っ張り、喉をぜいぜいさせていた。息子や娘の力では及ばず、綱を持つ方が引っ張られていた。

性格は、わが家ののんびりした人間たちに感化されていたか、それとも生まれつきそういう性格だったのか、温和《おとな》しい方だが、厳しい態度を持っていた。かといって人に噛み付くようなことはしたことがない。ただ自分の食い物を取ろうとすると、唸り声で威嚇して驚かせた。

しかし、普段は、わが家に好意を持つ人には決して、いや絶対といっていい位、温容な態度をわきまえて、保っていた。

一年経って成犬になった時、避妊手術をした。飼主の不注意で雑種がかかり、始末しなければならない罪を被るのは不本意であった。人間のように制御可能な理性があればいいが、犬はそうはいかない。駅に近い獣医の処に三日ほど入院させて、手術をした。雄は去勢してしまうと、早死する傾向があると聞いてはいたが、雌は卵巣を取ってしまってもそのようなことはなく、天寿を全うするのが多いと聞いていた。

手術後、迎えに行った時、ジュンの喜びようは格別だった。これ以上の喜びと安心感はないと言いたげに、体全体で表現したが、家へ帰ってきてから暫く体調が整わないのか、動作が冴えなかった。

それ以来、ジュンは白衣の男性を見ると好感を持たなくなった。狂犬病予防注射には私が会社を休めない日には、家内が連れて行くことが多かったが、居並ぶ白衣の人間に唸りながら近寄ろうともせず、手こずって以来、当分の間私が連れて行くことが多くなった。その時は、どういうことなのか唸り声一つ立てず、観念したかの如く従順に注射を打たせる。家内では心細い思いになるが、安心していられるからかとも思ったりした。

足が悪くなるきっかけは、何が本当の原因だったのか、あれこれと考えてみても決定的なものは不明だった。

獣医は、一寸とした傷口からばい菌が入ったためだろうと話していた。そして、応診には時折きて貰い、注射をして悪い血を出してしまうのだと言いながら、ぶすぶすと注射液を入れた。すると黒い血が、ジュンの脛を伝って流れ落ちていく。ジュンは鳴き声一つ上げずに治療してくれているのだと考えているのか、じっとしている。しかし、一向によくはならない気がしていた。

私が勤務していた病院の実験用動物の面倒をみている職員に、症状を説明して見解を質してみた。彼の父親は獣医で、家で開業し、息子は臨床検査の技師である。何かいい手掛かりを得て、直すことが可能な方向が見出せるかもしれないといった望みがあった。

「きっとリュウマチですよ」

リュウマチは、美食すぎると出やすいらしい。そういえば、わが家では貧しい食事をあたえたとは思えないし、むしろ美食に類する食事が多くあったと思い当るふしもある。関節がはれて硬くなる症状の写真を説明書きのコピーと共に送ってくれた。抗生物質と栄養剤のカルシュウムを食事に交ぜるようにと、親切にも友人を経て届けてくれた。それでも治る気配はなかった。

ターンパイクの料金所の職員は、ジュンが後ろ足を引きずり歩く姿を見て、

「車にぶつけられたようです」

大声で悲鳴を上げていたのを、聞いたという話を家内がしていた。

「意外に近くにいる人が車をぶっつけたのかもしれないね」

家内がこう言いはじめた。

もしそれが当っているとすると、何処の誰がそんな酷いことをしたのか呪いたい気持ちである。片足は全く使えなくなったジュンの苦しみを味合うがいいとさえ思った。

実のところ、そうした可能性は十分にあった。何時も家の近くの蜜柑畠脇の道路に車を置いていた。若い人には騒々しく集る方への指向はあっても、物言えぬ動物たちへの思いやりなど微塵もない人もいるものだ。そう思える訪問客があるアパートの住人である。

折も折、わが家の物置小屋によくいるその家の雄猫が、左後足を、もぐら捕りにはさまれて大けがをする事態が生じた。

「天罰かも……」

口には出せないが、ジュンに対して車をぶつけたのではないかと疑わしい行動から察しても、彼ら以外に思い当らない。ジュンの怨念が通じてそうなったとは思いたくはなかったが、偶然とはいえ、あまりにも不運な筋書きが合いすぎる。

かわいそうな猫は、獣医の病院に入院して下肢半分肉がむしり取られ、骨だけが残り、指の形も骨の儘露出して、ようやく歩けるといった状態である。

「家の中をハイヒールで歩いているみたいな音がする」

細君とその母親が、

「足が気持ち悪いのよ」

猫の足を見せて説明した。

猫には全く罪はない。かわいそうなと思う気持ちが湧いたが、もしジュンがあんなことにならなければ、自分の足で歩けたのだと思うと、猫はその犠牲として気の毒である。

そういう中で、ジュンの体力は弱まるばかりであった。

息子と娘は動物好きで、夜眠る時には、三毛猫レフティーのうばい合いとなる。

二歳になるブルーペルシャ猫のモコは、家内が専有しているようなもので、寝る時は抱くことに決まっていたから諦めて、抱きたいとは二人とも言わない。

モコと名付けたのは、家内の友人で日航のスチュワーデスをしていた大磯の人が、私が二年前に伊豆逓信病院に勤務していた頃に、雌雄一尾ずつを譲り受け、雄を欲しいといって、持っていってから、名付けてくれたのが、大きくなるに従って、風貌といい毛の状態といい、名のとおりの感じであった。人見知りをして、家の者以外の人間には抱かれても落ち着かず、とび出してしまうのは日本猫とはまるで異なる習性で、それでいて人がくると玄関へ出て行くか書斎に入って話し込んでいる人を見に行く野次馬的な処がある。付近で飼っている家はないから、珍しい存在で、ある友人たちは狸と見間違う人も多かった。家内は猫の扱いに慣れているのか、何時までも抱かれてじっとしているが、床の中に入って暑くなると、突然とび出すから目がさめてしまう。そして、モコは叱られるということになる。

レフティーは、昭和五十七年にはわが家へきて五年になるが、抱かれていると身動き一つせず、じっといいなりになっている。我慢と諦めからであろうと思えるのは、時には隙をみつけて脱兎の如く逃げ出す行動を示すからである。

ある時、娘が学校の帰りに鳩を拾ってきた。見れば土鳩で上等な部類ではない。しかも、まだ子供だった。

「道端でばたばたやっていたの。何処か具合でも悪いのではないかしら」

目に涙を浮べんばかりにして、娘は鳩の背中をなでている。

じっとしている鳩は、目を白黒させているが、病気か何かあると困る。みょうな病気を持ち込まれて人に移ってはと、判断していたが、それを伝えるには娘のやさしい気持ちを傷付けてよくないと思い直して黙っていた。

「きっと栄養不足よ。箱に入れて餌をやってみたら」

家内が判断してくれた。

動物好きである子供達の気持ちは、歓迎すべきなのだが、そうして結局面倒みるのは家内の仕事となって、日常生活の日課にくい込む。今度もそうだ。もっとも日中は学校へ行ってしまうから、無理である。大半は家にいる家内が面倒みて飼育する羽目になる。

鳩は、家内の勘が当っていたのか、一週間ほど経つと羽ばたいて、飛ぶ練習をはじめたようだと家内が言っていた。

「飛べるようになったら放すわよ」

学校から戻ると、いつも鳩を見ていた娘は、黙ってうなずいた。

野のものは野へ戻ることが、最も順当なことなのだ、そういうものだと思い込んでいるから助かる。

頬白の時もそうだった。

まだ裸同様の子を四羽隣りの主人が持ってきた。

「家では育てられそうもない」

畠の蜜柑の木にあった巣を、そっくりその儘持ってきた。

会社から帰って、その話を家内から聞きながら覗き込むと、黄色っぽい大きな口を顔一杯に開いて、餌を求めている。

小鳥屋から買ってきたすり餌を水で溶いて、竹へらで口の中へ入れると、ひと思いにのみ込む。

以前にセキセイインコを育てた時に買った木箱の中に、巣をそっくりその儘の状態で入れておいた。

糞は、お尻を巣の外へ突き出して、白い液のようなもので包んだのを、「ぷちょっ」と吐き出すようにするから、巣の中は絶対といっていい位清潔である。自然の摂理とでも表現したらいいのか、本能であるのか、いずれにしてもよく出来たものだ。

育て役は何時も家内だが、やがて大きくなり、一羽ずつ別なかごに入れておいた。雌が二羽で雄が二羽だった。雄は本羽根が生えるとぐぜる（ぐずぐず言う）ようになった。

もう青年である。

子供たちは鳥かごから出して、手に乗せたり肩にとまらせたり、つかんだりして遊び、動く玩具のように扱って喜んでいたが、そろそろ放した方がいいと判断して、畠へ放した。

子供たちに、自然に帰すのが最も幸せだと言い聞かせている普段の考え方があって、別れの悲しみよりは巣立つ希望への感情が強く感じられ、一羽、二羽と飛んで行く頬白の姿を黙って見詰めていた。飛んで行った頬白は、それから何処へ行ったのか、見当付かなかった。

それが、翌年の春先き、家のアンテナはおろか、前の道路に降りてきて遊ぶ頬白を発見した。

その朝、

「ピーコだ！」

家内と娘が、同じように言った。

高い声で囀る声の質には聞き覚えがあるし、姿形はすっかり大人になってはいるが、頭の鉢巻は、飼っていた頬白たちに相違なかった。

朝の目覚め時に、辺りに反響するほどの高い声で心地よく鳴いている。そう遠くへ行こうとはせず、前の石垣や桧の梢にとまったり、家の前の道路や庭の柿の木にきて遊ぶ状態が連日続いた。時には、書斎の軒先きの椿の枝に留まって、手を伸ばせば届く近さまできて遊んでいた。

次の年も、同じ季節になると、姿を見せていた。

それが、何時の間にか姿を見せなくなっていた。次の世代を育てる年令に入ったのかと考えたりすると、ふと寂しい思いがしたが、山野を暮らしの基盤として育っていくことが自然の姿であると思う。しかし、アンテナや桜の木にとまっている姿を見ると、鳥かごの中にいた頃より、はるかに伸び伸びと胸を張り、天に向って芽吹く梢のてっぺんで、得意げにとでも表現したいポーズで鳴いている。

目白も身近かな小鳥であった。そして、意外にたやすく捕れた。

狭い庭ながら、春になると他の草花に先きかけて咲く桜んぼの花は、春を呼ぶ花といえた。そして、大粒の桜んぼを付ける。矢作にいた頃、近くの知り合いの家の桜の木の根の部分を分けて貰い、植えてあったのを早川のいまの家の南側に移植したものだ。その隣りには侘助がある。いまの家へ引っ越してから間なしに、小田原市内の水の公園で毎年五月植木祭を催していた頃に、家内と選んでもっとも侘助らしい花が咲いていたのを買ってきた。その時丈は一米ほどだったが、いまは三米にも達して毎年暮れの頃から春にかけて長期間咲いてくれる。楚楚として旧来の花形に近い侘助は、茶花とはいえ、改良されて、赤やしぼりになったものや、八重咲きなどいろいろな種類があるが、なんといっても白花は切花としても飽きがない処があって好きだと、家内は気に入っている。

並んでひいらぎ南天があるのは、移植を手伝ってくれた会社の友人が魔除けになると言って植えてくれた。

すぐ隣りの海棠は、植木市で買ったのだが、植木屋仲間では最も欲しい品種の一つで、青いりんごの小粒のような実が沢山なる。やはり家を建ててから買った時には、これほど大きくなるとは予測しなかった程、伸びて、毎年整枝しているのだが、若芽に油虫がよく付いて閉口する。

玄関脇にも柿の木を矢作から移植したのだが、五月という季節が柿の木の移植に合わなかったものか、一時は根付いたと見えたが結局枯れてしまった。その後になって、近くの家でいらなくなって伐ってしまうという柿の木を譲り受けた。無料というわけにはいかないからと三千円礼金をしたが、大人の腕の太さ位の富有柿であった。

隣りの主人に手伝って貰い、移植して、いまはめきめき大きく育ち、二階のベランダの高さまでに達して実も付けて、たくましくなった。


桜んぼの木の花はあまり見栄えしないが、木々の芽が出るか出ないかといった頃の早春に、花を開くから、道路を往き来する人達は珍しげに見上げ、立ち止まって眺める人もいる。

その頃になると、椿の花の蜜を吸いに目白が姿を見せる。まだ、蜜柑の花は咲く前で侘助の花も咲いているから、鵯が一緒になってさわぎ立てながら花弁を食っている。

鵯は目白に比べひと回りもふた回りも体が大きく、啼く声もけたたましいほど大きい。それが羽音を立てて、かれんに咲く侘助の花をついばみ、散らしていく姿に、

「目白や鶯は可愛いけれど、鵯は憎たらしい」

家内は歎いている。

羽を広げると、四十糎位ある大きな体で、ばさばさやられるのだから、小さな桜の花の花弁などひとたまりもない。そして、椿の花も容赦なく散らしていく。

椿は、家内と一緒になった頃に、東京の大手町に勤務していた関東通信局の中庭に植木を売りにきた時、一米程のを買ったものである。他の木と同様に早川に移植し、いまでは三米に達する背丈に伸び、こんもりとした木立になっている。門扉を入ったすぐ右脇にあるのだが、毎赤みの多いピンクの八重をよく咲かせる乙女椿である。

目白は花が咲く時季を心得ていて、毎年そういう花の間を渡り歩き、蜜を吸っているのだが、桜の花には最も多く集まる。ある時には十羽程の群がくる時もある。

十月頃になると翻になって、蜜柑畠の中を飛び回って蜜柑を突っついているが、いよいよ取り入れがはじまると次第に餌が乏しくなる。

その頃になると、わが家には何処からともなく不思議に蜜柑が集まってくる。家内の友人や習字の生徒の母親からである。

私の実家にも蜜柑畠があるのだが、手入れが悪いせいだろう。昔でいう屑蜜柑で、いまでは生ジュースにしか活用方法がないような小粒を、暮れになるとダンボール一箱くれる。母が亡くなってからは、とくに目立つようになった感が深い。

目白たちに、実海棠の枝の上に付けた餌台に、輪切りにして置いてやると、すぐに食いにくる。

若い番《つがい》をよく見ていると、先にくるのはたいていが雌である。目のまわりの羽二重のようなまっ白の隈どりが太いのが雄で、喉に黄色の色付きも多く、そこから腹から尻へかけて黄色い毛が線状に目立つ。それに比べて雌は隈どりは細く、全体的な緑色も地味である。

声も高い声で力強くなき囀るのは雄で、いとも寂しげな語尾で啼くのは雌であるから、すぐに判別出来る。

桜の木の板に輪切りした蜜柑を射しておき、その前に、丁度止まって蜜柑をついばむに都合のよい塩梅にして、鳥もちを巻いたひごを仕掛けておくと、すぐに掛かる。目白は鳥もちに掛かると、頭を下にしてじっとしている。

掛かるのは雌の方が先行しているから多い。それを鳥かごに入れて風呂敷を被せ、二、三日すると落ち着くからかごに入れて外へ出す。

そして、遠くで啼いている目白と呼び合っているか、空を飛んでくる目白と啼を合わせているなと思っていると、急降下して鳥かごに近付く。

鳥かごの脇には蜜柑と鳥もちが置いてある。最初は高い枝へ降りて様子を見ているが、次第に下枝へと警戒しながらもちょんちょん降りてくる。そして鳥かごと蜜柑に近付こうとして、枝と思い込んで鳥もちの上にのる。

目白は、しまったと気付いて、くるりと体を逆立て体の重みで鳥もちを離れ、下へ落ちようとするのだが、その間に見張っているから捕られてしまう。掌の中に丁度入ってしまうほどの若い目白だ。なかに気が強くて掴もうとすると、細く長い錐のような嘴で突っついてくる。

掛かるのはたいてい雄で、そういう元気がいい目白は、声がいいし、大きい声でよく通る高い声で囀る。

蜜柑畠の中へ囮を入れた鳥かごを置いて、陽なたぼっこをしながら見張っていると、次から次とよく捕れる。

目白は保護鳥だから飼育するには届出て、許可を得て許可証がなければならないことになっている。

しかし、鳥かごに入れたからといって、別に虐待しているわけではない。むしろこれから餌が乏しくなる冬期の野山にいるよりは、ずっと安心して過ごせる。多少の不自由さはあっても、若鳥が丈夫な成鳥になったら放すつもりでいるから、そうした規則への抵抗は全く気にならなかった。現に鳥かごの中で胸を張って囀り、身繕いをしている。

野性の小鳥や動物たちを飼うのは、一時的な保護に等しい行為であって、人間の愛玩目的だけではないと、子供の頃から思い込んでいたから、別れは大人として自由な旅立ちであると、わが家の家族は考えていた。

とは言いながらも、羽もないまる裸同然の状態から手塩にかけて育てた小鳥たちとの別離には違いないし、それから無事に暮らしていけるかといった不安や、手離す寂しさはないとは言い切れなかった。

しかし、何時の間にかいなくなったのか判然としなかった雄猫ミーコの時は、全く逆で、いままで気儘に外で過ごして食事だけ家に戻っていたのに、しきりと家の中へ入りたがった。段ボール箱の中に毛布を敷き、その上にタオルを置いてソファの上で寝るようになった。

食欲もあまりなく、ぐったりしていた日が数日間あった。その間に尿をもらすようになった。

自分で尿を催すことが分らなくなったら、人間も動物も終りが近いと言われているが、ミーコは外へ出て用足しに行く力がなくなっていたのかもしれない。

そして、ある日突然に姿を消した。それっきり帰らなかった。

猫は飼主に自分の死んだ姿をみせないものだという諺がある。醜くなって変り果てた姿を主人に見せたくない気位の高さを、猫は備えているからかもしれない。

普段の姿勢からしてもそうである。飼主が呼んでも、ふり向くだけで尾をふり人間に媚びるような表現を示さない猫は、人によって愛嬌がないという説をとるものもある。

しかし、猫は猫としての習性を維持して長い歴史を持っている。尾も振らず媚びる姿勢を見せないのが、一般的に猫たる所以である。が、よく観察していると、猫ほど色っぽい仕草を表現する身近かな動物はいないことが理解出来る。餌を欲しがる時、好物な食い物を人間が食べている時の媚びて欲しがる動作は、他の動物にはない特徴である。

それに比べて、犬は表現が豊かである。


ジュンは、家族の姿を見ると声を上げて迎え、先に立ってはしゃいだ。

不自由な体になってからも、やっと自分の体を支えていた時でも、見事に豊かな尾をふって答えていた。

昭和五十六年も七月に入った九日の明け方、ジュンの声で目をさます。助けを呼んでいる声である。目覚時計は午前五時であった。雷鳴がとどろき、稲妻がひらめいている。

ジュンは、隣りの雑草が生える畠の中に坐り込んでいて、歩行が困難になり、助けを呼んでいた。

外へ行って近付いて声をかけると、立とうとするのだが立てず、雷鳴のおそろしさにいかんともし難いといった状態であった。

空は明かるいのだが、大粒の雨が降っている。ジュンは相変らず坐り込んだ儘で、時折体をふるって雨を落としている。

目が合って、身動き出来ないと訴える姿で、じっと私を見詰めている。前足を持ち上げて抱き上げるようにして連れてきて、小屋の前に横たえた。

雨が再び激しくなり、篠つくような降り方である。

ジュンは、自分の家へ着いたことでほっとしたのか、私の顔を見上げて尾を一寸振った。

部屋へ戻ると、再び鳴き声をあげはじめた。しぶきが体にかかって気持ちが悪いのかと思って傘をさしかけて、雨がかからないようにした。

その時、ジュンが立とうとしていた。小屋の中へ入ろうと努力しはじめたのだ。が、小屋と土間との僅かな窪みに入ってしまい、思うように立てない。再三試みるのだが、足が思うようにならないのである。

その姿を見ながら、なんとか自分で小屋の中へ入れる力を付けて欲しいと祈るような気持ちでいた。しかし、頭を小屋の中へ向けて、悲しげに鼻声で鳴いている。

無理かもしれないと判断して、ジュンの上体を抱えて小屋の中へ押し入れた。ジュンは前足の爪を立てて掻くようにして中へ入ろうとするのだが、下半身は動かない。

私はふと、夜中に呼ぶ声がして目をさました時、祖母が廊下の方から呼んでいた時のことを思い浮かべていた。

隣りに寝ていた筈なのに床の中に姿がない、と思っていたら便所へ立って行った帰りに腰が抜けたらしい。辺りをはばかるように小声で私を呼んでいた。

「そこへ引きずり込んでおくれ」

哀願するまなざしで、見上げていた。

祖母の体は骨ばって、がっしりとした骨格で重かった。

その時のことを、不意に甦らせていた。ジュンは、言葉こそ話せないが、体で示していると判断した私は、腰を持ち上げるようにして小屋の中へ押し入れた。

すると、ほっとしたのか鳴かなくなった。そして、雨に濡れた体を舐めている。

ジュンは辛いことと思うが、私の方も疲労気味である。この儘、苦しみと疲労が平行線を辿り続けていたら、どうなることかと考えると、不安な材料が残るだけである。この苦しみは、死ななくては治りそうもないと思う気持ちが生じていた。獣医に頼んで安楽死させて貰うか自然に死んでくれるか以外に、互いにこの苦しみの中から救われる道がないように思いはじめていた。

本当は、心臓麻痺か何かでたいして苦しみもなく自然に死んでくれたら、天寿を全うしたと思えるだけにどれほど気が楽なことか知れない。生命がある限り、何時か消滅する時はあるとは知っているが、具体的にそれに対処しなくてはならないのである。

自分の家に入り、ほっとしたジュンは、濡れた体を一心に舐めている。その屈託がない姿を見ていると、不愍でどうしていいのか判断出来ない。

それにしても、そろそろ諦める時が近い機会が訪れているのかとも思う。そしてまた、痛みを訴えるでもなく無邪気に体を舐めている姿を見ると、その思いに迷いが生じる。そして、硬くなってはれた右足をしきりと舐め、何とかして治そうと努力していると思うと、何とも助けられないもどかしさが、いっそ足を切断してしまった方が、時折発作的に起きる苦痛から解放出来るのではないかと思ったりしていた。

特に、雨が降る前日とか湿気が多い日には疼いて痛むらしく、悲鳴に近い鳴き声をあげた。

そうした日があるかと思うと、会社から帰って夜おそく仕事していると、窓下の小屋の中からジュンの鼾が聞こえる。時には、夢を見ているのか、寝言を言うように小声で、

「わん、わんわん」

と鳴いている時もあった。

安心しきった気持ちになったジュンは、いまは痛みを忘れて眠ることが唯一の安息である。

「足腰が立たなくなって、たれ流しの状態になったら考えよう」

家内と相談していたが、昨今のジュンの状態は、見るに忍びない状態になってきていた。

七月の盆に入る前になって、

「楽にさせてやった方がいい」

見ていて耐えられない苦痛から、解放してやった方がよいのではないかと、相談して結論を出したものの、

「もう一度先生に診てもらって、この儘もう少し置いてみようか」

家内と結論は出したものの、痛みがなくじっと見詰めているジュンの姿を見ていると、躊躇する気持ちに引き戻されていた。

しかし、苦痛を訴える声はやがて連日となり、バッファリン、セデスなどの薬を飲ませても、一時的な安らぎを眠りによって得るにすぎず、薬の効果が切れると、再び鳴き声をあげる。どう考えてみても、治らないことが獣医の話からも察しが付く。

「盆が過ぎてからにしましょう」

今年は、私の母が去年の十一月にこの世を去って新盆であった。

それを直前にして、ジュンを楽にさせるには、気持ちの中にすっきりしない拘りがある。

家内と共に結論は出ているものの、わが家で十数年間共に過ごし、わが家を守ってくれた役目を、家族の一員同様だったジュンに未練がない筈はない。涙をのんでという形容しか出来ないことである。

盆は十六日で明ける。十六日は友引きでいやな日だ。翌日十七日は先負で、次の大安は日曜日になる。日曜日では、ジュンの後の始末を頼む市役所の環境事務所は休日となっ

てしまう。それに、先に延びれば延びるほど未練が先立って、思い切りが鈍ることにな
りかねない。早い方がいい。七月十七日以外にないと家内と相談した。費用は三万円位
かかるが、ジュンの最後にはそれ位のことはしてやろう。保健所へ頼めば二、三千円の
支払いで、あの世へ送ってくれるが、それではジュンを安楽にあの世へ旅立たせる気が
済まない。

いままでずっと治療してくれていた獣医の難波先生に相談すると、それが最善策だろ
うと心良く引き受けてくれた。

七月十七日の朝になった。この間の数日間というものは、実に短かい感じがした。
そして、姿が良く、見事な尾を振って応えていたジュンの姿が今日限り見られなくな
るのかと考えると、何と表現したらよいのか分らない寂しさが胸の奥から湧いてきて仕
方なかった。

今朝は晴れて、薄日が射していた。

息子や娘は、学校へ行く時間になっていた。

前の日にジュンの好物だった鳥肉の味付けたのを、家内が準備しておいた。

「ジュンにお別れを言って行きなさい」

二人は黙って家内から鳥肉を貰い、美味そうに食べるジュンを見ていたが、胸の中によぎる思いは切なかったに違いない。その時の噛む音が、耳の奥に何時までも残っていた。

難波先生と約束した時刻になったが、何の連絡もない。

「電話してみようかしら？」

家内が気にしていた。

「そうだな。もしきて診て貰って、もう少しこの儘も置いてもいいと言うことになったら、そうしてみよう」

私は、独り言のように言ってみたが、

「そうね。先生に聞いてみましょうよ」

家内もいざとなると、決心が鈍るのか、こう答えた。

しかし、痛みに耐えている鳴き声を思い出すと、やはり思い切った方がいい。心を鬼にしても楽にしてやった方がジュンのためでもあると思い直していた。

家内が電話していた。

外は日が射して、昨日までの雨はすっかりあがっていた。

「間もなく出ますって」

予定どおり運ばれつつあった。

良いことを待つ場合なら、胸踊る思いと言えるのだが、刻一刻とジュンの生命が消える時が近付くのかと考えると、重苦しい空気になるのを、

「こうした方が最もいいんだ」

と胸の内に幾度も言い聞かせた。

ジュンは、相変わらず、薬のせいだろう鼾をかいている。小屋の中で横になって、鼻先を外へ落とし、地面に触れんばかりに曲っている姿勢でいるのも気にならないのか、平気で眠り続けている。

よほど、昨夜の足が痛み、その苦しみの疲れのためかとも思う。

「ジュン！」

と呼んだが目を開けない。

熟睡しきっている。手で触れるとようやく目を開けた。

頭を撫でながら、

「これから楽になるからな」

口の中で呟いたが、この儘の姿でもいいから生き長らえさせることは出来ないものかと、また迷いが生じる。未練があると承知しているものの、言葉を表せない動物の意志を確認出来ない苛立ちが、ともすれば生じてくる。

間なしに、車の音がして、家の前で止まった。

「見えたらしい」

家内が立って、玄関へ向かった。

白い車をガードレール寄りによせて、難波先生が車から降りてきた。

手には、小さなビニール袋を持っている。

門の扉を開けて入ってきた先生は、いい気持ちがしないとみえて、冴えていない。

「どうでしょう。もう少しこの儘おいてもいいでしょうか」

私は難波に、念のため質問したが、先生は黙っていた。

「楽にさせてあげましょうよ」

家内が言った。

やむをえないと思った。せめてもう少しと考えるのは、未練という以外にない。それに二人で話し合い、獣医の難波先生もそのつもりできてくれている。思い切るよりないと、心に決めた。

「さあ、はじめようか」

難波先生だって気乗りする筈がないが、職業柄拒否する訳にはいかないことである。

「お願いします」

家内が言った。

「小屋から出してくれませんか」

難波先生が注射器を取り出しながら言った。

「この儘では駄目なんでしょうか？」

家内は小屋の中で息を引きとらせたい気持ちを訴えた。私もそう思っていた。

「出して貰わないと出来ないよ」

難波先生が無理だと話した。

ジュンは、目を開けていた。

何ごとが起こるのかと思いながらも、自分の運命を悟っているといったふうにもとれる。

「おいで！」

私が呼んだが、体を起こそうともしない。

「ほら、おいでジュン！」

家内が力付けるように声をかけた。

しかし、目を開けているジュンは、声がする方を見るばかりで動こうとしない。

「ほら、ジュン」

声をかけながら、前足の付け根を持ち上げるようにして、小屋の中から引き出そうとした。何時もなら、此処で不機嫌なうなり声を出すのだが、今朝は従順に、なすが儘にされている。

「しっかりして！」

家内が、腰くだけになりかかるジュンを支えた。

外へ出たものの、座る気力もないように横になっている。

「反対にしてくれませんか」

難波先生は、二ccほどの液が入ったカプセルの栓に注射針をさして、吸引していた。

何時も痛む足を上にして、庇うようにしているジュンの姿勢を見ていた私は、何時もの姿勢にジュンをしたのだが、何故か反対にして欲しいと先生は求めた。ジュンの体を起こし、指示どおりに反対にして寝かせた。その時もジュンは、なすが儘にしていた。はれて石のように硬く、重い足に違いない。これでは痛い筈である。特に雨の前の湿り気を多く帯びた気候の時などそうであったであろう。

昭和二十八年五月に、私は会社の仲間たちと厚木の奥の中津川渓谷へハイキングに行った折、厚木の駅前から乗ったバスが、自転車をさけた時、雨後のため軟弱になっていた路肩が崩れ、反対車線の葱畠へ転落、三回転して約十米下で横倒しに止った際の打ち身が、そういう気候になると疼いていた。

ましてや、これほど硬くなった中に血液が通い神経があるのだから、その痛みに譬えようもなく苦しい時もあるだろう。耐えきれず悲鳴を上げて耐えている姿は見るに忍びないものだった。だから早く楽にしてやりたい。治る見込みがない先生の診断からも、人の力ではどうしようもない。

「それでいいです」

難波先生が言った。

家内は、ジュンの顔をさすっている。私は、もしや苦しさにあばれてはと思って胴体から足の方に触れていた。その間もジュンはじっと動かない。もう観念しきったか、或はそうして欲しいと自らも望んでいるのかとも思える姿勢で、じっとしている。

「楽になるのよ。ジュン子ちゃん」

家内が声をかけて、ジュンの頭を撫でた。

その時、難波先生はかがみ込んで、す早くジュンの胸に注射針を射した。

ジュンの痙攣がすぐ起きた。声も立てずに、足を伸ばして苦しげな痙攣は、前足へと広がっている。その動きが触れている私の掌に伝ってくる。

「苦しいのだろう。がまんだ」

胸の中で力付けた。

「ジュン子！　ジュン子！」

家内が、涙を流して呼び続けている。

その間に、難波先生は注射針を抜き取っていた。ものの一〇秒と経たない間の出来事である。

「これで楽になるよ」

難波先生はかがみ込んだ儘こう言いながら、注射器を片付けている。

ジュンの口から泡が出ていた。尻の部分から黄色っぽい液体がもれている。最後の痙攣が、ジュンの体を流れ、やがて動かなくなった。九時三十分であった。瞳孔は開いていて、もう息を引き取ったと思えるが、体は温かく、目は開けた儘である。その目は、まだ見えるような表情の儘で、見開いた目も虚ろではないように見えてならなかった。目を閉じたが、再び開いてしまう。

軽く舌をかんだ口許の泡を、

「楽になったね」

涙を拭いもせず家内が拭き取っている。

見ているのが辛く、涙にぼやけたジュンの顔は、まだ息があるように思えてならない。

「ジュン！　ジュン！」

と心の中で呼び続けていた。

「長い間守ってくれて有難う」

顔をさすりながら、家内はまだ涙を流している。

私は、体全体に最後のブラシをかけ、尻から流れた汚物を拭きながら、苦しかったんだなと、また涙がこぼれそうになった。

肛門は開らき、生殖器は力なくやや開いていて尿が流れ出ていた。その生殖器はあまりにも小さくきれいである。この象徴がジュンの姿の良さを長年保った根源にあったのではないかと、はじめて私は感じたほど、清らかなピンク色した処女の印象であった。白い布できれいに拭き、肛門も洗う間の手ざわりに、まだ温かさが伝わり、とても息がないとは思えなかった。

家内が、ジュンの口に水を含ませてやった。私も続いて口許を濡らした。

「三十秒位の間ですから、うーんといっている間位ですよ」

注射器などの道具を片付けた難波先生が説明した。

その間に、私と家内はジュンの体を平らに直し、あたかも昼寝でもしているかの如くに整えた。

「どうぞ、お上がりになって、お茶を……」

家内が先に立って、家の居間へ案内した。

「はい」

と答えた話し好きの難波先生は、手を洗い、居間へ通った。

家内が、お茶をいれながら、

「やはり苦しいんですね」

感無量の思いで言った。

私もそう思っていた。もっと安らかな死への案内かと思ったが、痙攣といい、口からの泡は苦しさに歯を食いしばった苦しみとしか理解出来なかった。

「注射した瞬間からもう意識はないのですよ。体が無意識に動いているだけです。とにかく猛毒ですから、瞬間ですよ」

茶をのんだ難波先生が説明してくれたが、私も家内もなんとなくすっきりしない気分がしていた。

しかし、三十秒間といえば一寸呼吸を止めている間の出来事である。安楽死というべきであろうと思う。

「この薬の管理は非常にうるさいんです。なにしろ人間だって瞬間に死んでしまいますからね」

何時も菓子に手を付けるのだが、全く手で触れようともしないのは、やはり気持ちのいい仕事とはいえないことを終えて後味の悪さのせいかと、私は勝手に解釈していた。

世間話をはじめた難波先生は、三千円でいいと言ったが、一万円受け取って貰った。

難波先生が帰った後、市の環境事務所に連絡した。取りにきてくれるのは午後になり、手数料は千円で、持って行けば五百円の手数料だという説明だった。

早くした方がいい。子供たちが学校から戻ってきて、まだ幼い気持ちの中にいやな気分を植え付けさせたくない配慮を考えていた。

家内と顔の部分に花を入れ、ジュンの体を毛布に包んで箱に入れた。トランクに積んで難波先生に紹介された環境事務所の職員を訪れた。

受付で手数料五百円を支払い、焼却場へ回った。

大量のごみを処理していた職員にジュンのことを頼んで、骨が欲しいと伝えた。

担当の中年の男は、癖がありそうな無骨な感じだった。丁寧に扱って欲しいことを伝え、寸志として二千円茶封筒に入れて渡そうとしたが辞退した。

家内が、

「可愛がっていたので、丁寧に扱って欲しいんです」

と重ねて伝えると、それとはなしに受け取ってくれた。

午後の焼却は一時からの予定だから、二時頃には出来ているが、電話をしてくれることなった。

帰りの車の中で、この道は何時か母を送りにきた道と同じ道であることに気付いた。母の場合はもっと奥まった山の上の、町を一望に見下ろせる市火葬場で、ねんごろに読経を済ませて荼毘《だび》に付した。同じ道を家内が運転する車で帰ってくると、仏が戻るといった迷信じみた風習に従って、東側から坂道を登り、西側へと通り抜けた。哀しみは同じであった。


家へ帰りながら、何となく拍子抜けした気持ちになっていた。ジュンの体を毛布に包んだ儘一輪車の台にのせ、焼却場の方へ運んでいった男の姿が浮んでならない。いま頃は、ジュンの体は焼かれている頃であろうか。

次の焼却時刻は午後一時と、職員が他の者と打ち合わせしているのを耳にした。他の犬たちや猫たちと一緒に焼かれる時間が、一日のうちに何回か定めてあって、その日程に従って仕事しているのだとは思ったが、他の動物たちと交ってしまい、ジュンの骨が他の方へ、或は捨てられるのではなかろうかといった不安感が揺れていた。心付けを渡した職員は、一見した直感よりも、実は人の良さそうな感じもしていた。うまく区別して配慮してくれるかもしれないと、あれやこれやと思いが巡っていた。

家に近くなった頃には、昼近かった。昼食には若干時間がある。家内は食事の準備にかかり、一時間か三十分要したとして、二時近くになる。その頃には環境事務所から連絡がくるだろう。その間に昼食を済まそうということであった。

時計は、十二時を一寸過ぎていた。テレビはニュースを流していた。

その時、不意に、

「ごろごろっ」

と雷が鳴った。

空は晴天に近く、白い雲がゆっくりと流れ、のどかな日和といった天候であった。

「何だろう？」

家内が訝しげに言った。

「雷さ」

と私は答えた。

「それにしても、この天気に？」

不思議そうに、家内がさらに言った。

天変地異の前兆にしては弱弱しい兆しである。関東大震災発生の時には、見たこともないような入道雲が、西方の空一面に湧いた写真を見たことがある。そういう空合いとは思えなかった。

雷は、二つ三つ鳴って、それっきり止んだ。

本当になんだったのだろうと思いながら昼食をした。しかし、何時もの食欲はなく、口数も少なく二人で食事をした。

子供たちが、学校から帰るには、まだ間がある。

時計は一時に近い。そろそろジュンはこの世から姿を消すことになると思ったが、諦めの気持ちが先行していて、今朝ほどのうろたえは意識の中になかった。

ジュンは、わが庭の何処かに葬って、何時か誰れかの墓地が出来た時に考えてもいいと、思っていた。

そして、順序でいけば私が最も先になるのは当り前だ。その方が、家内が後の始末をしてくれて片付くだろうし、長い間身の回りの面倒をみてくれた家内に、時にはいやな思いもさせた償いの、自由な時間を持って欲しい願いもある。収入は何とか年金で過ごせると思うし、退職手当にしても退職して直後に全部使ってしまうこともないだろう。

子供たちにせびられたとしても、まだ残るに違いない。

ジュンは家族であることを子供たちも認識してくれているから、そうした方がよいと思うし、わが家を守ってくれるといった言い伝えもある。

暫くすると、娘の章子が、城南中学から帰ってきた。

いろいろと考えているうちに時間が経っていた。

そして、電話が鳴って、家内が出た。

「大変お世話になりました」

環境事務所からの連絡だった。

予定していた時刻よりずっと早い。これから始めるということであろうと思っていたが、もう終ったという連絡だった。

「早いね。予定ならこれからだろう」

電話機を置いた家内に言った。

「そうね。きっと他のと一緒ではと考えて気を使って、あの人先きにやってくれたのよ」

心付けへの配慮をしてくれたのかと思った。もしそうだとすると、僅かなことで他の動物たちと一緒にされずに済んだことは幸いであった。

章子を伴って家内が車を出した。町中の装具屋に立ち寄って骨壷を買った。大きさは全く見当付かないが、人間の大人よりは小さめの七寸の大きさなら納まるだろうと判断した。丁度子供の骨壷のサイズなら間に合うでしょうからと、店の人も説明してくれた。

「わが子に等しいものだから」

道路を横切りながら、口の中で呟いた。

環境事務所の焼却場に行くと、さきほどの職員がすぐに声をかけてくれた。

「大きい犬でした。此処へ入れておきました」

ダンボール箱二つ渡してくれた。

「うまく焼けて頭や体つきが分っていたんですが……」

整理してダンボールに詰めておいてくれたのである。

薄青い色をした焼きの骨壷は、丁度いい大きさであった。まだほのかに温さが残るジュンの骨は、白く、処々茶色っぽくなっている。

何とも表現しようがない、はかない音を立てて、ダンボール箱の中から骨を骨壷へと移し、章子が膝の上で抱くようにして後の座席に座った。

母を送り、骨になった母を迎えた一年前の道を、いまは、家内と私、章子の三人で、骨になったジュンを迎えた。

わが家へ戻って、暫くの間小屋の中へ置いておくことにした。ジュンの家はこの小屋であり、四九日が済むまでは此処で過ごさせてやろうと、相談がまとまった。

骨箱を針金で十文字に結え、白い布で丁寧に包んだ。そして、小屋の中に台を設け、その上に骨壷を入れた箱を置くと、心なしか落ち着いた雰囲気になった。

線香に火を付けて、庭に咲く花を具えた。

まだジュンの体臭が残っている小屋の中は、いまにもジュンの姿が現れるのではないか。そこいらに散歩に行っているような錯覚すら覚える。

当分の間、家族はそう思うに違いない。しかし、ジュンは間違いなくこの丸い筒型の骨壷の中にいる。いずれは土に帰ることを待ちながら。

「雷が鳴ったのは十二時一寸すぎだった。考えてみると、丁度ジュンが荼毘に付されている時刻だったね」

予定の時刻より、ずっと早い連絡だったことを考え合わせると、丁度その時刻だったと思い当たった。

「そういえばそうね」

家内も雷とジュンのことを結び合わせて考えていたのか、気付いたように答えた。

「昇天の時、雷が鳴るとは、ジュンのやつ相当偉かったことの証拠だな」

私は、胸の内の思いを呟きながら、漂う線香の匂いに、冥福を祈っていた。

夜になって月が昇った。満月である。明かるい月の光が、小屋の中まで射し込んでいた。

家族でともした線香の煙が、淡く漂い、そしてゆるやかに小屋の中から流れていた。


――この作品を、わが家の家族であった、愛猫・愛犬に捧げます。

著者

箱根山寸描

新緑記

昭和二十九年の五月、小田原から山中湖行の路線バスに乗って乙女峠入口バス停に降りた時、八時半をすぎていた。

左手下方には、朝霧の中から目を醒ましたような仙石原の湿原が見渡せる位置にあった。うす紫がかった靄の中の村の方向から、童の声、雄雉子の鳴声やらが遠く流れてくる。

前年の冬は雪が多かったので、仙石原でもスキーが楽しめた。

雪が降ると道路は通行止になり路線バスは動かなかったが、道路を除雪してバスが通るようになった情報をきくと、いち早くスキーを肩にバスに乗り、仙石原へ向かう。湖尻へ向かって仙石原の左手にある台岳の斜面で、芒原辺りになる斜面に到着すると、すでに数人の人がいる。スキーを履いて一列横隊に、スキーを横にして並び、やわらかい雪の上を一斉に足ぶみするようにして踏み固めながら、上の方へと五十米ほどの距離を登って行く。幅二十米位を二〜三回往復すると、雪の表面が固くなり滑りやすいゲレンデになる。それから滑りはじめるというのが、リフトもロープウェイも整っていなかった頃のスキー場で、準備体操もそれですませる効果があった。

その頃は、スキーをする人がまだ少なく、リックサックを背負ってスキーを袋に入れてバス停に行く途中で、知人に会うと、「釣りですか。沢山釣ってきてくださいよ」と声をかけられ、苦笑しながら応答していたこともあった。

使っていたスキーの板は、ヒッコリーの一枚板ではなく、開発された合板で、ストックは竹をそのまま使ったものではなく、これも竹の素材を割って三角型にした竹を貼り合わせ六角型にしたものだった。

スキーの長さは、手をまっすぐ上に伸ばしてスキーの先端が掌に収まる長さが一般的だった。

そのゲレンデを作った芭原が、真向かいの台岳中腹に一面の草色を帯びている。初めてスキーに行った時に、妹の友人たちが来ているとは知らずに、立っては転びしてふらふらした腰付きで滑っていた様子を、妹が学校から帰ってきて聞かされたのには面映ゆい思いがした。

まだ消えやらぬ足元の朝露をとばしながら、やや登りになっている若草の中を十分程行くと、ようやく山らしい杉の暗い林の中に入った。

黒くなった杉の落葉を踏みながら見上げると、光が楔形に入り込む尖った杉っ葉の先が、鋭い刃物のように時折きらついている。

初夏になったとはいえ、日蔭に入ると、麓の村とは大部気温の低さに鳥肌が立ってくるようである。

戦時中に炭を焼く原木を、箱根外輪山の塔の峯方面から運び出しに行った時も、丁度こんな場所だった。体付きの割合いに案外力がなかった僕は、いつも体力よりも太い丸太を持たされた。雪が降った日の後などは、滑らないように縄を巻いた地下足袋をとおして、地面の冷気が突き上げてくる。猪でも飛び出しはしないだろうかと、子供心にひやひやした谷間の暗い道で、友人の一人が雪に滑って耳のうしろを切ってしまった時の血が、白い雪の上にしたたっていたのが、そこを通る度毎に浮かんできて、嫌な気分だった。大人になってハイヤーの運転手になったT君とは、いつも並んで歩いたのもそんな山道だった。

T君とは、いつも遊ぶ時一緒だったが、すでにこの世になく、思い出だけが残る。

胸につかえそうな急な山道を見上げると、陽の光が当たった楢や櫟の落葉樹林が続いている。夜から朝がきたような明るい場所に出ると、山道はざらざらした白っぽい土質に変り、ズックの底が滑って登りにくい道になった。いままで暗い林の中を通ってきたせいか、若芽の明るい緑色が、眩しいくらい目に沁る。しかし、気持の良い爽やかさに満ちて、体の中まで光が照らしたようだった。

鴬が遠くで鳴いている。すぐ近くで突然、ギャーギャーと懸巣がわめいた。

どうやら少し前方を人の話声が登って行くようだ。暫く行くと、道端の石に若い三人連れの男が腰を下して、なにやら話しながら興じている。一人が水筒の水を飲んでいる。いずれも背広に皮靴を履いた街の中を歩くような、気軽な姿である。山に背広は似合わないと思ったが、この人達は気まぐれになんとはなしに、登ってきたらしい。

若い三人を追い越して、道は右へ左へと曲折しながら登っていく。ざらざらの白っぽい土質は、いつの間にか赤土に変っていた。

楢や櫟の樹林をようやく抜けて、行く手に枯芒とやわらかそうな芒の芽立ちが、背比べするようにして続いている。旧から新に移り変る季節なのだ。古い時代は新しい時代へを見届けているかの如く、残骸をさらし、新しいものは古いものを無にしない生長を示すかのようである。自然界は人間の社会動向よりも正確に、冷静な運行を示していく。もっとも、人間は自然界の王冠といった言葉から考えてみれば、人間は飾り物の存在として、自然に服従していなくてはならない筈であろう。

そろそろ峠の頂上に近いと思えるが、と考えながら足を早めると、果して目前に古ぼけたT字形の道標が立っていた。

前方が展けて、拡大な平野を横切る数台の客車を引いた蒸気機関車が、白い煙をなびかせながら東から西へと走っている。その向うの頂きに雪を残した富士山が聳えていた。

頂上の三十坪ほどの平地の西側に小屋が建っていて、軒下に果物が蜜柑箱の中に放り込んであるように、入っている。それでも飴の類はガラスの容器に入れてあった。

小屋の中を覗くと、五十歳前後かと思える痩せた体形のおばさんが、小屋の奥の方を向いてくの字になって眠っている。店先には三つほどのテーブルを中心にして、縁台風の腰掛が置いてあった。北側の欅の木の根方に近い縁台に腰を下ろし、汗を拭った。

ここからは富士山が良く眺められる。裾野を東西に均衡を保った斜面と、前方も同様な傾斜地で整った姿で、周囲を遮る物体がなく見せている。譬えに逆さ扇のような富士の姿という人もいるが、擂鉢をひっくり返したといった方が当たっている表現ではなかろうかと思った。しかしいずれの表現にしても美しい姿には変りない。頂きにわずかの残雪を、縦長の溝に数か所残した白色が、五月の陽光を受けていた。そして、なだらかになった裾野の手前に、御殿場の町の屋根が、小さな正方形や矩形を自由に並べたような情景が、うす霞の中に黒や赤色で見えている。白っぽい煙を流しながら客車を連ねて走る列車が、前景の林の蔭になっていた。その姿は富士の雄大さに比べあまりにも小さい存在であるように見えていた。

途中で追越した三人の男達が、賑やかに登ってきた。その声に目を覚ましたおばさんが、茶をいれて持ってきてくれた。

「少し霞がかかっているようですね」

礼を述べて伝えると、

「そうですね。もう少し早い時間だとね、はっきりとしていたのですがね」

ひそかに期待していたことが裏切られた気分になって、いささか残念だったが、自然の現象ではどうしようもない。

足元から展がる平野をじっと見下ろしているうちに、なんだか雲の上から下界を眺めているような気持が湧いてくる。人の笑い声や叫び声が、下から吹き上げてくるそよ風にのって聞こえてくるような気がして、耳を澄ましたが、何も聞こえない。時折鴬が鳴いて、カラカラと枯芒の音が風に鳴って流れている。なんだか人間界から離れた場所に一人だけでいるような、気持に移っていた。

若い女の声にふり返ると、いつの間にきていたのか道標の所や富士をバックにしたりして、写真を撮っていた。初夏の陽の光をやわらかく受けて立った女の姿は、清らかさがあった。


リンゴを二つ買って、小屋の左手を丸岳の尾根へと向った。道は細くなっていて、左右は林に遮られて視界はきかなくなってしまった。草を踏み沈めた道が、西南方向に向った尾根なりに付いている。

暫くすると、左側の林が尽きて眺望が展けた。急斜面の山肌には一面の若い芒が、麓から吹き上げる風に揺らいでいる。左手の彼方には一際けわしくそそり立つ神山があり、中腹にはその名の如く冠岳がそびえて、所々黄白色にはげて見えるのは、早雲山までも続いた山崩れの跡であるらしい。その下方の広い道路を、バスがエンジン音を遠く響かせ、淡い紫色の煙を散きながら湖尻方面へ走って行く。

草原を通過して次の林に入ると、足元の道は木の根や石が露出した、段々状になって続いた。

木の根に摑まり石に手をかけながら登ると、木の根の上のわずかな土に根を張った菫が濃い紫色の花を咲かせている。親元から風に送られてきて、生命を芽生えさせ、他の広い豊かな土の上に置かれたものと同じ様に、なんの不服もなくむしろ誇らしげに自信を持って、立派な花を咲かせている姿には、わが儘な人の心を皮肉っているような気持が流れている。そしてまた、うつ向き加減に石の間の窪みに咲いている姿には、独り切り（アインザ）の孤独（アムカイト）にうちしほれてはいないだろうかとの思いがする。そうしているうちに、仕舞には枯れて行くのかと思うと、なんとはなしにたまらない感傷めいた心のうちを意識していた。

この辺りの木々の中には姫娑羅の木が交っている。時折梢をわたる風が音を立てて去っていく。先刻かくれていた富士の姿がまた、まだ若芽が伸びきらない木々の梢間から見えた。左側は木々の繁みが深くなって、たまに空が覗けるだけである。

一昨年の同じ頃に、女性数人を交えた友人達七人で登った金時山のような道を思い出していた。その時は天候に恵まれず、深い霧の日だった。十米離れたら全く見えない状態の中で、おーいおーいと呼び合いながら急な斜面を登りようやく辿り着いた千二百米の頂上は、更に風が強く加わり巌かげで弁当を食べた時寒かったが、楽しい思い出だった。

いま一人で歩いているが、少しも寂しさを感じなかった。

かつて山中の谷川に山女魚釣りに入って、山道のことをすっかり忘れて渓谷ばかり辿っていたことがあった。夕まずみ（日の入りの刻）に食いが立つことばかり考えているうちに、目印が見えにくくなって気付くと、中天に三日月が青白く光り、松林を吹きぬける風に冷汗を覚えて帰途に付こうとした。しかしどこに山道があるのか見当が付かない。子供の頃兄と共に、父に連れられて茸や山栗を取りに行った頃、谷川で休んだことがあることがあった流れに、山女魚が泳いでいた記憶を辿って入った渓谷だが、帰る道は子供心に記憶していた筈が、いつの間か逸れていたらしい。その時、人に会いたい、人家の明りを見たいと夢中になっていた。人間は人間の中にいなければ寂しくて気が狂ってしまうかもしれないと、心に深く刻んだ体験があった。

けれども、良く考えてみれば、自然というものは、時として冷淡に激しい現象を生じることもあるが、総じて豊かな資源と呼びかけを与えてくれているものなのである。友人に一人で出掛けて寂しいとは思わないのか、と尋ねられることがあったが、この友人には、自然の声が聞こえないらしい。

こんなことを考えながら山肌の傾斜地を歩いているうちに、右手の林がなくなり、左手の林も目の前で跡切れ、一面の熊笹が生い茂る中に、二尺幅ほどの不安定な道があった。前方には民家の明かりも見えていた。

丸岳の山頂約千百米の場所に立つと、遮る前方の木々はなく、全く眺望が良い。右手に富士がいつまでもついて廻っているようである。仙石原のゴルフ場のフェアウェイが、足下に青々とした緑の帯を何枚も敷いてあるように見えている。草原の中央は桝目模様に区切られた草原となり、所々に植林した個所だけが黒々と、明るい緑の中に浮かび出ている。麓の方からバスのエンジン音が響いてきて、見下ろすとすぐ下を道路が山裾の形に添って、ぐねぐねと通っていた。見渡す限りの眺望は、非常に心地良い気分であった。

丸岳から箱根仙石原高原と神山

間もなく道は下だりになって、長尾峠の向うに湖尻峠へと尾根が続いて見えた。いまいる場所は箱根外輪山の一部に当たる場所である。箱根は駒ケ岳、神山、双子山を内輪山として、外輪山の明星ケ岳・金時山・丸岳・三国山などを外輪山として形成しているが、外輪山と内輪山との間に仙石原や芦の湖などを擁しているのが、はっきりと分る。

ハーモニカを吹きながら、子供達数人が長尾峠の下から登ってきた。楽しそうに、大きな声でハーモニカに合せて歌っている。

頂きから下だりはじめると、急に霞がかかったような空模様に変化して、日の光が弱くなった。弱くなった日射しが軟らかく感じ、子供達の黒っぽい服や帽子に吸い込まれているようだ。いずれも汗ばんだ顔とすれ違ったのは、それから間もなくだった。

ますます下だっていくうちに、対峙していた山々は目の位置より高い場所へと移っていた。

左の平地になった草むらに女の人が五人、輪を作って何かを食べながら話に興じている。中腹の道はそのままバス道路のトンネルへ続き、仙石原側へと抜けていた。

富士の眺望の良さの名所脇にある休憩所のすぐ脇を、仙石原へ下だる道が細々と東方向へと見えていた。

ハイヤーが白い埃を立てて、宮城野方面から走ってきて休憩所の前で停車した。軽装した中年夫婦が降りて、富士を眺めている。

仙石原へ向うために細い道を下だりはじめると、握りこぶしほどの石がごろごろした悪路だ。おそらく雨のために川でない所に水が集まってしまったからだろうか、処々が崩れていて、仙石原のやわらかそうな緑が、間近かに見える。急斜面の崖っぷちには、白い花弁を開きはじめた辛夷の木がある。葉が出る前に花を咲かせる辛夷は、開花すると辺り一面芳香を漂わせ旅人を楽しませてくれる。

木蓮の花より辛夷の花は小形だが、葉が芽生える前に開花するのは同じだ。どちらかといえば寒気に先がけて咲く辛夷の花の方が好きだが、色が純白であったら申し分ないのだけれどもと、勝手なことを考えながら更に下だって行くと一面の新緑に包まれた斑らな山裾の向うに、芦の湖が陽の当った湖面と、影となった場所とが黒色と銀色のぶちになって、細長く南へと伸びているのが臨めた。

仙石原は、五寸ほどの丈の若草で広く展けていた。つい先刻登った乙女峠と丸岳や、長尾峠が、右手の方角に聳えている。ここから見える山々は一色の明かるい緑色が、雲間を通してくる陽光と陰影の模様がついて長々と横たわっているだけの眺めであった。

　草原の中を湖の方向へ歩いていると、小さい規模で点在する森の中で鶯が鳴いている。小さな池のような湿地があちこちに三か所、草間から水面を覗かせて、その辺りかと思われる方角で、ギューギューといった音が聞こえてきた。どうも湿地の池で蛙が鳴いているらしい。正体を確めようと足音を忍ばせて近付くと、ふっと止んでしまう。今度はと思って数回試みたが、正体を確められない。照り続けて水が無くなっては困るだろうと思いながら、蛙が鳴くと雨が降るという話は、こんな所にあるのかもしれないと、蛙と雨を勝手に結び付けて考えている自分が滑稽になって、思わず苦笑した。

　粗末な板の橋が、湖尻から流れているというより流れていないといった表現の方が当っている川に渡してある。一枚板の橋の上に立って川の中を覗き込むと、澄んだ三十糎ほどの深さの水中に、四寸位の鯎の子が五尾、列を作って静かに泳いでいる。水面に人影が映じても驚く気配もない。人間とはどんな行動を一般的にするものなのか疑いもせず、おっとりと、静かな状態でいる。本態的に魚の生態はこのような状態なのだろう。水中を上下している動きは、全くすまし込んでいる。橋の下から稚魚がこれも同様に列を作って出てきて、すいすい向うの葦のある角で見えなくなった。

乙女峠からの富士山

静かに音のない草原にも、いろいろな生物の生活がある。池の蛙といい川の鯎といい、生きていくための生活がある。生活があれば時がある。時があれば歴史があるわけである。それには未来へと続く生命の継続があることになる。それにしても、こんな静かな所に住んでいるとは、なんと倖せな連中だろう。羨ましくもあった。

人の声に振り返えると、若い女たちが、赤や黄色のセーター姿で、緑の草原の中を、歩いてきた道を鮮やかな色彩で近付いてくる。

眺めていると、なんとなく和やかな気分になって、湖尻へ続く草原の中の道を歩きはじめた。

落葉記

大涌谷東側斜面から強羅の上、早雲山方面に向かって、黄白色の岩石が急傾斜の山肌に浮き出ている。

冠岳麓の大涌谷から神山へ登ったのは、大規模な崩壊があった昭和二十八年の秋だった。

その年の晩夏をすぎた早川の風祭地区で、鮎の友釣りをしている時、突然眞白な水色に変色し、川底は見えないほどだった。雨は降っていない。上流の何処かで山崩れがあったのでなかろうと思いながら、ますます濃度を増してくる川の流れに、釣りを止めて帰ってきた。箱根山が雨になると、大涌谷から度々硫黄が流されて水質は白濁するし、場合によっては魚類の生命は犯されることも、過去の体験から知っていた。その時も、たいして気にせずに、また何処かで硫黄が流れ出たのだろうぐらいにしか、思っていなかった。

そして翌日、家の近くの大工さんから強羅で仕事していて当時の模様を聞かされて、被害の大きさに驚いた。上強羅にある道了尊別院はじめ近隣の施設は流され、電柱の姿も見えなくなって、かなりの死者も出ていた。

その記憶がまだ消えていない頃だった。大涌谷でバスを降りて、濃い硫黄の匂いを意識しながら右手の噴煙脇を神山に向かった。

芒は枯れはじめている。麓の道標に従って進むと、百米位行った所で道は跡切れ、崩れて跡片もない。黄白色をした岩や砂によって荒涼として、卵を腐敗させたような硫黄独特の臭気が辺り一面満ちている。そこには草はおろか生木一本も生えていない。処々に皮をむかれた木が、無慙にも根を山上の方へ向けて、岩の間に倒れている。そうした状態だったから神山への道は分りそうもない。引き返そうかと思ったが、海抜一四三八米箱根内輪山で最高の山である。いつか登ってみようと考えていたし、そうそう登山の機会はあるまい。この際登ろうと考え直し、山頂目がけて登って行った。

やがて、冠岳が覆い被さるように、切り立ってきた。安定性のない足元は、ざらざらとして度々石を転がしてしまった。転がって行く黄色っぽい二十糎から三十糎ほどの石

神山から大涌谷・仙石原・富士山

は、回転して行って同じような色をした石に当って砕ける。落ちていく石は加速度が付いて、勢いよく下方の岩に当って散乱し、転倒して行った石によっては、倒れた木の上に乗っている不安定な石を落としていく。なかには落ちそうで耐えているような岩もある。不安定ながらも自然の働きによってそうなっているのだから、自然の動向によるほかないだろう。譬え動けたとしても、その一つの岩が動くことによって引き起こす現象は、どうなることか、それによって結果が現在より更に良くなるということなら変化することも良いだろうが、どう考えて見ても岩が動くということは、なんとか安定していると思える現況より、良くなるとは感じられない。動かずにいる、互いにそこが安定した場所であろうがなかろうが、そこが定められたその石の場所と考えて、腰を据える。それが傾斜地帯を形成する岩たちの社会であろう。寝そべっている岩、立っている岩、静座する岩、前のめりに、或いは天を仰ぐ岩、それぞれの形態を呈しているのも、それなりの意義がある自然を形成し、彫刻を見るような世界であると、考えればよいと思う。しかし、硫黄の強い臭気はたまらない。

顔を上げると、頂上へ向かって歩いていたつもりが、目当ての場所は右手上の方向になっている。多分崩れた岩の間を縫うようにして歩いているうちに、方角を見失なっていたらしい。崩れた位置の頂上が、幸い見えていたので目当てにしていた林の中へ入ることが出来てほっとした。そして神山山頂へ行く細い踏み跡のような山道に出ることが出来た。

ふり返ると、急な斜面の下の方に、大涌谷の茶店が真下に、大きな屋根が見えている。路線バスが到着して遊覧客が思い思いの方向へ動いている風景が見える。左手に噴煙が白く西の方へ流れていく。その前方に芦の湖やゴルフ場があって、長尾峠、湖尻峠、丸岳、乙女峠、金時山の連峯が続く。彼方には富士山も眺められる。山の中腹に一線を引いたようにして御殿場へと抜ける道路が、わずかに臨め、長尾トンネルに消えている。頭だけ白くした富士には、わずかに白雲を受けて秋の空に浮き出していた。そして、眺めているうちに西から流れる白い雲が絶えず動いて様々な形状を見せてくれるので、いつまでも飽きることがない。そういえば、大涌谷の台地の広場には茶屋があって、小学校の頃に遠足できた時にあった茶屋が、その後の火災で焼けてしまったと聞いたことがある。その辺りは広くなって、早雲山から迂回して湖尻へと通うバスの乗降場になっているようだ。

左へしばらく行くと、今度は右折する。稲妻形に幾度か登って行く、平坦な道になった。それからしばらく進むと「仙人の水」と書いた小さな標識板の下の、苔に一面覆われた三十糎程の岩の上に、木の葉模様が付いた白い湯呑み茶碗が伏てあった。山肌に古竹を通じて清水が、細々と流れ出している。水が落ちた地面は木の葉で覆われて、その周りはじめじめとぬかるんでいる。

茶碗に水を汲む。茶碗の底には砂一つも交っていない、澄明だった。乾いた喉を、潤してくれた。

海抜千米を越える山頂近くの場所に、水が湧き出ているとは不思議な気がした。不可解なるが故に誰が命名したものか、まさに「仙人の水」とは的をえた名である。いまだ浅学なる故か、箱根の伝説、古蹟、などの記事を調べてみたが、不明だった。とにかく予期しなかった場所に清水が湧いていたことは、思いもよらない自然の不意打でもあった。

神山山頂に行くには、更に右へ平坦になった道を進むことになる。道端には、盆栽を大きくしたような落葉樹が、互いに梢を組み合っている。その隙間から碧空を、ゆたり

鞍掛山から芦ノ湖・駒ヶ岳・神山

と流れる白い雲が望めるのも、秋らしい風情を感じる。

前方から落葉を踏んで近付く足音がしてきた。若い二人の女性が下だってくるのが見える。先にいるのは、赤いチェックのジャンパーに登山帽をかぶって、もう一人はクリーム色のセーターでリックサックを背負っていた。

近付いた時、

「神山に行くにはどう行ったらいいのでしょうか」

ジャンパーの女性が、尋ねた。

道らしい道がないので間違えて冠岳の方へ行ってしまい、戻ってきたとのことだった。リンゴのような紅色をした頬に、汗ばんだ額、黒髪が登山帽からはみ出して濡れている。

「この道を進んで行けばよさそうですよ」

二万五千分の一の地図を頼りに登ってきたから、自信を持って教えてやることは出来ないし、初めての道で、そう答えるほかなかった。

「有難うございました」

といって、二人はやや離れた前方を登りはじめた。

地図と磁石を頼りにしても、全く見たことがない地形ではないから大丈夫だろうと思い込んでいたが、改まって尋ねられるとふと不安な気分になっていた。

以前に、箱根町から国道一号線を箱根峠へ向かう途中から鞍掛山から大観山へ行った時、地図上には一米ほどの里道が、山上へと付いている表示があったが、実際に国道から脇道へ入って見ると、身の丈に余る笹薮ばかりで、さんざんな目に遭ったことがあった。地図を作成した時には、解訳案内のとおりであったのだろう。そんなことがあって以来、道案内説明には注意していた。改めて道を尋ねられて、頭の隅の方に片付けられていた気遣いが、忽然と湧いた。しかし神山方面は合っている、うねうねとした山の形態から見ても、進行方向には、他の小山に比較して一段と小高い頂きがある。神山の頂上はそれに間違いないと、不安な気持を引き立たせていた。

やがて道は下だり気味になってきた。十米ほどの前を、女性たちが、なにやら話しながら笑っている。

落葉は道の所だけわずかに薄くなり窪んでいる。他は一面に黄色や赤く色付いた木の葉がとりどりに交り合って地肌を埋めていた。遠くで小鳥の鳴き声が聞こえるくらいで、近くでは小鳥がいないようだ。

道が二手に岐れている所にきた。右はやや上り気味で左手は下りになっている。上りに入った所に何か古びた道標らしいものが、道の右脇に立っていた。近寄ってみると、果して道標だった。風雨に晒されて、黒く書かれてある筈が、色あせていて処々消えている。それでも左神山、右冠岳と印してあるのが読みとれる。

二人の女性はと見れば、十米ほど前のやや下りになった道を行く。道標を見て不安だった内心に、得心がいってなにかしらほっとした心地になり、足を早めた。

しばらく行くと、下だりだった道が急な登り坂になってきた。そこを休まず登り切ると、鉄塔が建っていたような跡らしいコンクリートの土台と思える塊の場所へと出た。そしてコンクリートの土台からやや西寄りに道標が立っていて、神山頂上一四三八米と印されていた。

想像していた頂上は狭かった。しかし、眺望が素晴らしい。特に富士山は広大な四方の裾野から、全景を見上げるようではなく、高い位置からやや上向きに見ているといった感じである。

山頂の西側は崖のようになった急斜面で、荒々しく見える低木が生い茂っている。木の間から覗くと、吸い込まれそうな気分になる。

すでに到着していた女性は、コンクリートの所で代わる代わる立って、写真を撮り合っている。「写真撮りましょうか」と声をかけると、「お願いします」とカメラを手渡され、二人で並んだ。

離れた別な場所では、五人連れの若い男たちが大きな声で笑いながら話している。これだけ人数が集まると、ゆっくりと休んでいるゆとりはないようだ。「お先に」と挨拶して二人の女性が南西へ向う細い道へ入って行く。木々の梢がトンネルのようになっている道を、駒ケ岳の方角へ向って行った。

しばらく経つと、男達は登ってきた道を大涌谷の方へ去って行った。

静かになった山頂の草の上に腰を下ろした。小鳥の鳴き声もなく、静かだ。一人で富士を眺めていると、余りにも形が整いすぎて美しすぎる感じの山だ。しかし、美しすぎるというのは変だ。美しいものは美しいほど人々に愛情を与えてよいわけだと考えながらも、一方では非のうちどころがない美しさは、ただ単に美しいということになってしまうのであろうとも思った。

横山大観の富士の絵は、折々の富士の姿を画いて素晴らしい雰囲気を感じる。前景に遮るものがない富士の画よりも、雲の中から暗く浮きでているような画の方がなにか含むものを訴える暗示を覚える。雲を前景に配した富士は優美な全容を連想させる広大さと、力強さを感じさせる趣きがある。

眺めているうちに富士の姿が雲に覆われてきた。腰を上げて駒ケ岳方向へ向かった。少し下だると、辺りの木々に、黄色に色付いた葉が残っている。山間になった地形にあるので、風が弱まっていて落ちずにあるらしい。隠れた自然の境地である。それが日の光を透して光っているように見える。自然が移り変る様を、季節の動きを感じさせながら、去る季節の名残りを惜しむかのような眺めを意識させている。

道が東向きに変った時、二人の女性の姿が見えた。視界が突然展けて一面の熊笹になっている。「お先きに」声をかけて女性を追い抜いた。東南方角に当たる小田原市内から眺める駒ケ岳の山頂は、丁度梯形の上底の如くに平らな形状に見えるが、標高一、三二七米箱根第二の高さの頂上に立ってみると、ゆるやかな高低が付いた熊笹と茅で展開している、丘陵のようだ。小高い場所には東に木製の鳥居を配した箱根権現神社の奥宮の社がある。やや窪地になった広場には、かつてはスケートリンクがあった跡が残っていて、東側には湯の花からケーブルカーが動いていた。小学生らしい集団が一人の先生に連れられて楽しそうに遊んでいる。麓に芦ノ湯温泉場があり、更に湯の花ホテルの屋根が、ゴルフ場に隣接して並んでいる。その先方を追っていくと、彼方の海岸線に沿って小田原などの街並みが、霞んで見える。住んでいる旧東海道沿いの家も見えているのだろうが、遠すぎてはっきりとしない。あの辺りのひと塊りの家並がそうだろうと思うと、なんとなく懐かしいような気分がした。

南側にまた窪地があり、そこでは男女の生徒が円形になって食事をしていた。次の丘に昇ると、芦ノ湖が陽射を浴びた湖面をきらきらさせて展開した。内輪山の山麓なりに南から北の方へと曲がった湖が、右手になる湖尻方面を半分ほど山麓に隠れて水を湛えている。やや西に傾いた陽に、対岸の山伏峠、三国山の連らなる静岡県境の連山の影を、暗く湖面に落している。遊覧船のスピーカーから奏でる音楽が、桟橋近くになるにつれて、哀愁を帯びたリズムに変っていく。船が通った後には、楔形した波紋が長く尾を引くように何処までも湖面に広がっていた。箱根ホテルの白い建物が湖畔にひと際目立っている。元箱根を中心としてボートやヨットが浮かんでいる間を縫って、モーターボートが爆音を響かせて走っているのが、悪戯者のようだ。

隣の双子山が、白い国道と、精神ケ池を距てた対岸に、新しく建てたばかりの電々公社のアンテナを銀色に光らせて二対、山頂に聳え立っている。山の向う側の麓には、お玉ケ池が杉林の中に半分身をひそめているのが望めた。更に向うに、外輪山の聖岳や大観山が連なっている。

どの方向を見ても、此処からの展望は、箱庭の中を覗き込んでいるような風景だ。大きい自然の姿を高い場所から眺めると、イディール（小さな絵）と化してしまうものだ。「箱根路をわが越えくれば伊豆の海や波のよる見ゆ」と源実朝が詠んだ歌が刻んである碑のある十国峠も、丁度こんな丘陵続きであったが、其処の周辺のあからさまな草原に比して、此処では周りから頂きを育む静かな雰囲気を受ける。この山頂だけは他のものには任せることは出来ない孤高の感じを受ける、そんな気がする。

双子茶屋に下だる道は、旧な坂道だ。下から若い男女連れが黙々と登ってくるのに、すれちがった。さらに下の方から、枯れた芒の中を、点々に十人ほどの男女が、足早やに下向している。下の方に見えていた双子山が、次第に目の高さに近付いてくる。膝ががくがくして時々笑うようになる。山頂から小さな池のように眺められた国道沿いの精神ケ池が大きく広がり、池の端に漣《さざなみ》が立っているのも見えてきた。

道の周りの芒原は桧林に変り、山腹の家に近くなってから再び山道らしい道になった。林の中の道から逸れて、池の端に下だって口を濯ぎ、顔の汗を洗い落とすと爽やかな心地になった。

再び山道に戻って少し行くと、広い道路になって、角を東に曲がると駒形ホテルの脇に出た。客は少ないらしく静かな感じである。ホテル前を跳び回っていた犬が、此方を見て動きを止め右方の耳を、ひくひく動かせて見詰めていた。暫く見詰めていたが、また何処かへ跳んで行ってしまった。

垣根を巡らせた家が所々に建っていて、道路脇では仕事師が石を運んで石垣を組んでいる。

国道に出て右方向へと元箱根に向かって曲りくねった道路を下だると、道路下に旅館や民家の家並が見える。向こう側の道路脇に、女性の二人連れが、側溝の上に突き出た竹筒から、水がほとばしっている前で顔や手の汗を洗い落としている。ふり向いた赤いチェックのジャンパーを着た女性が、

「お先きに」

笑っていた。

「随分早かったですね」

立ち止まって答えると、

「近道しちゃったんです」

セーターを着た女性も、手を休めた。

疲れた様子もなく、機敏な手付きで掌に受けた水を口に含んだりしている。

二人共赤い頬をしている。それが非常に健康的に見えて、なにかほのかなものを感じさせている。

山からの清水を利用出来るようにと、地元の人が作った竹筒なのだろう。流れ落ちる水は側溝の地面に吸い取られていく。道端の埃を浴びて褐色化している草に比べて、その周辺だけは活き活きとした草の色をしていた。

二人の女性と話しながら国道を湖へ向かって歩いているうちに、箱根神社の朱色の鳥居が、家々の屋根の上に見えてきた。こんもりとした杉林の森を背景にして、秋の陽を受けて立っている大鳥居が際立っていた。

高原荘にて　―冬のスケッチ―

小寿鶏が鳴いていた。一面の枯芒も所々に生えた木々も、眠ったように静まりかえっている。曇った日には、その風景が寂しいほどに深まった感じであった。

見晴しのよく利く部屋が欲しい、といっておいたので、広々とした仙石原高原や、西から北の方角へ高原を囲むように続く箱根外輪山の山並みが、ゆるやかなうねりを繰り返して、木の生えている所と無い個所が黒と褐色で、はっきりした区別を付けた山肌まで一望出来る。

「お茶をどうぞ」

三十歳半ば頃の年輩とおぼしき温和な顔立ちの女中さんが、テーブルの上に茶を淹れてくれた。

香りのよい茶を飲みながら、

高原荘付近

「静かですね」

話しかけると、

「いつも冬はこんなですよ」

東向きの玄関から離れているが、大通りをバスが通る度毎に小さな家鳴りを残していく。客は殆どいないようだった。

午後、宿の近くにスケッチに出かけた。縁側の下駄を借りて芝生に下りた。段々に植えてある躑躅の間の細い道を北の方角へ歩いて行くと、カントリークラブの事務所の建物が見える。クラブの旗の脇に白く目立つ煙突が立っている。この辺りから足許の芝生が切れて、枯芒が展けた中に道は見えなくなった。枯れた芒が足許に絡んで、カサカサと音を立てている。西向きのゆるい傾斜に座って、コンテをはしらせていると、枯葉の匂いが漂ってくる。草原の処々に取残されたようになって、円く刈り込まれた木々の枝先は、鉛筆の先のような梢を一様に天に向けていた。

夕方から小雨になるかも知れないといっていた天気予報に反して、長尾峠の上空の雲が切れて夕陽が射しはじめた。間もなく全体雲に隠れていた富士の白い頭が覗いた。南へ南へと流れていた雲は、遂には消えて晴れ渡ってしまった。

金時山、乙女峠の麓に散在する仙石の集落は、うす靄の中に暮れようとして灯が点りはじめている。


宿に帰ると、風呂が空いているからというので、入ることにした。

風呂場の中は、湯気が立ち込めていて、周囲がよく見えないが、分厚い一枚板で長方形に出来ている浴槽の中の湯は、赤みがかった硫黄の色で濁っていた。

温まった体を意識しながら部屋に戻ると、女中さんがきて、

「炬燵のある部屋が準備出来ましたから、そちらに致しましょうか？」

と聞きにきた。

炬燵があった方が、書き物をするのに腰から温かいので早速部屋を移ることにした。

今度の部屋は一段下がった縁側に籐椅子のセットがある。ついさっきまでいた部屋が、西北の少し高くなった窓から一段と低く見下ろせた。床の間には松の枝が活けてあり、黄鶺鴒が円みを帯びた石の上にいる姿の絵の掛軸が懸かっている。中央に置かれた炬燵の上のテーブル板は、書き物をするのに都合よかった。

昼間はたいして寒いとは感じなかったが、夜が更けるにつれてずんと冷えた。昼の間

遠くの山で木を伐る音が谺して、コーンと聞こえていたが、夜になっては湖面を走る船の音が聞こえてきた。それも消えて、時折犬の遠吠えが微かに流れてくるだけだった。余りの静けさに、夜がシーンと音を立てているような耳の錯覚すら感じていた。草原に点在する家があったけれども、大方の家は閉め切ってあるので、僅少にカントリークラブの灯りがちらちらするのが見えるだけで草原は暗く、夜のとばりが下りるのと一緒に眠ってしまう感じだった。

西北側の窓を開けると、頂の部分を雪化粧したように真白に輝く富士が、手前にある外輪山の山並の上に、眺められた。

羽織をはおって南の縁側の雨戸を一枚開け、蜜柑箱の上にある下駄を履いて芝生に出ると、芝に隠れた霜柱がさくさくと鳴った。寒いが清々しい朝である。

一面に薄く降りた霜を踏みながら、芝生の中の小道を下だって行くと、左側にあった草叢の中にもぐって野宿したらしい小犬が体半分隠して尾を振っている。赤い犬と白黒斑ら模様になった二匹が寄り添い、眠そうな顔をしていた。

長尾峠が朝陽を斑らに受けて、明かるい山肌に感じる。その向う側には富士が、白い頭をくっきりと冬空に浮き出るように見える。

広い道路に添った桧の垣根の間から抜け出して、バス道路の曲がり角に立つと、仙石原の集落は白い靄の中にまだ眠りから覚めないといった情景だ。靄は集落の所だけをふんわりと包み込んで、たなびいているという表現が本当に当る情景である。

学生の頃、友人達と三人で芦の湖畔にキャンプしたことがあったが、その時の朝は湖面に立つ水蒸気が辺り一面に立ち込めて、対岸の話声がその靄を介して聞こえたりしたが、その時も清々しい静寂さを含んだ情景だった。

集落が見下ろせる此処からは、微かに見えている家々を包んだ靄は、むしろ神々しいと表現した方がよいだろうと胸の内に湧いていた。その背後には一際険しい急峻な姿の金時山が頂の樹林を見せている。金時山から左手へ続く影のように見える山肌の乙女峠、丸岳へと続く尾根は、長尾峠を境にして静寂さを保った風景だった。「鳥総《とぶさ》立て足柄山の船木伐り樹に伐りゆきつあたら船材を」と万葉集にあった歌を思い出した。鎌倉へ行く古道は足柄峠越えであった頃は、多分足柄山の木は貴重な船材であったのか。その足柄山から金時山に登ったのは、大分前になる。元気であったその頃は、若い職場の人達と先頭に立って急坂を登った。金時山の中腹にさしかかると、深い霧に包まれてきた。

若い女性二人と三人は、かたまり合って頂上に辿り着いた時には時折霧が切れて、仙石原が足下に箱庭のように眺められた。金時山は眺望のきく限りの山では最も高く、一段と嶮しい姿に見えている。

カサカサと、背後で音がした。振り返ると先刻の赤い小犬が知らない間についてきていた。

集落の上にたなびいている靄の中から、爆音のような音が聞こえて近付いてくる。仙石原の集落から草原の中を此方に向かって走るトラックに人が大勢乗っている。点在する林を通過する度に姿をくらますトラックの音が朝の冷気の中を、坂道を登ってくる。宿の下の方の道路はうねうねと大回りに二度ほど曲がりくねっているので、ついそこまできていると思えるようでなかなか姿を現わさない。

人を満載したトラックは、宿の脇を登って行った。すぐに二台目のトラックが同じようにに人を運んできて、宿の近くにあるカントリークラブの案内板の所で、手拭で頬かむりした男女の作業服姿が降りた。ゴルフ場の整備に行く人達らしい。後についてきた赤犬だが、その人達に向かって少し離れた所で吼えている。その声は近くの林の中で鳴いている鶫や頬白の声と一緒になって、辺りに谺していたが、はっきりと分離された音律をもっている。澄んだ空気なのだろうか。

咆声に驚いたとみえて、宿の離れの近くの林の中から羽音をさせて山鳩が飛び立って、頭上を力強い羽音をさせながら、台岳の方へ飛び去って行った。

杉や桧林になっている台岳は、金時山の父性的形状に対して、ゆるやかな母性的な稜線の山である。台岳の左奥には神山が聳え、頂きの右手に冠岳が、所々の山肌に白雪を残してその名の如き形状で際立っていた、冠岳の麓からは、大涌谷の噴煙が三條立ち登っている。噴煙が多くなると噴火の危険があると、誰かが話していたが、今朝はそれほど多くは感じない。澄んだ空気と清らかな自然の中にいるので、身体全体が浄化されたような、爽やかな心地だった。

陽が西に傾むと、山々は紫色に縞模様を作って窪地を着色していた。二月中旬であったが、今日はなんとなく春のような兆を感じる山の端の雲の流れも、ゆるやかな動きを見せている。僅少に頭を見せている富士の白雪も、昼間のそれと比べて軟らかな色付きに融けるのを待っているような風情に思われた。

「いつもこんな気温ですか？」

夕食を持ってきてくれた女中さんに聞いてみた。

「ここの所こんななんですよ。でも一月に一度雪が降ってそれ以来降っていません。私はまだ冬を越したことがないのですが、他の方がおっしゃるには、まだ降るでしょうといってました。山に見える雪は一月に降った雪が融けずに残っているんです。でも案外に暖かですね」

女中さんは、雪が残る山の方をちらっと振り向いていた。

風が少しあるらしく、ガラス戸がカタカタ音を立てていた。湖尻峠の方の山々は、すっかり紫色がかった影絵のようになって、美しかった。

「温泉荘の下の方にあるイタリー池は、水が少なくなっているように見えたけれど、自然に無くなってしまうのですか？」

午前中に温泉荘の先まで、ぶらぶらした時気付いたので尋ねてみた。

「冬の間は雨が降らないとあんなふうです。近くにポンプ場がありましてね、イタリー池から水を揚げて大涌谷からきている温泉に加えて、この辺りの旅館などに配られているようです。その温泉は今年は割り合い温度が高いのですが、最近は温度が低くて薪で湧かしたりして大変だったようです。硫黄の色もその日によって異なるんです」

そういわれてみると、今朝の温泉は昨日に比べると澄んでいた。

離れの瓦屋根の赤いのは逆光に輪郭を光らせて、きらついている。サーッと音を立てて渡る風に、木々が揺らいでいる。頃合い良く間隔を空けて桜の木が植えてある庭の方から風が吹いていた。

「春は桜がきれいでしょうね」

「えゝ、でもなんですか同じ桜でも、葉と花と一緒のぼたん桜の類で、夜の桜はあまり奇麗ではないらしいんですよ」

いわれてみれば染井吉野のような巨木の桜の木は見当らない。

西北の窓際の段々躑躅が、鉛筆の先のような芽をいまにも広げそうな形で、空に向いて伸びている。それを遠くから眺めると、枝が密生しているのでぼちゃぼちゃとした感じで、随所に植えてあるのが庭園らしい。

西の山の端から出たちぎれ雲が、夕焼けに立体感を加えて東の方角へ急いでいく。

雲に遮られたかと思うと、陽が射している。そうしている内に、冬の夕陽は西の山の端に触れるように傾いていった。

温泉荘のバス停留所を少し湖の方へ行った所に、カントリークラブ方向へ下だる道があった。丸太が階段状に並べられてあるが、霜溶けでぬかるんでいる。途中で丸太の上に乗った時丸太がずれて、危く尻もちをつきそうになった。

カントリークラブに通じる二間巾ほどの道路に出る手前の左側に、門が朽ちた別荘が雨戸を締切って、ひっそり建っている。

道路へ出てから、更に下だって行くと右手の眺望が展けて、イタリー池が斑らな水面を見せているのがゴルフコースの中に見えた。その前方の白い事務所が、冬の陽を浴びている。草原の中のゴルフコースの枯れた芝生は、杉か桧で区切られていた。遠くの山腹には、御殿場へ通じている国道が、左上りに線を引いたように見えている。下の方からバスが一台煙を引きながら登って行く。時々谺したエンジン音が流れてくる。

右手前の杉林の上に、黒く澱んだ色合いをした芦ノ湖を見ながら暫く行くと、右方角に半円を画くようにしてだらだら坂になっている。下だって行くと背の低い桧林の中で、四十雀、鶫が囀っている。曲がり切った所からは宿の白い壁に赤い屋根が、西洋風の建物のように眺められた。晴れた空からの冬の陽に、鮮やかに地面から浮いているように見えている。

宿の建物は外から見ると洋風に見えるが、中に入ると和室になっている。建て増したといっていた部屋には、宿の名前を染めぬいた暖簾が下がっていた。「地下室があるのか」とお客さんに尋ねられると女中さんがいっていたが、高原の傾斜地に建てるには雛段状に部屋を造らざるを得ないとも話していた。

やや西へ回った冬の日に、背中は春のように暖かく感じられた。途中から桜並木になって、来た道路の右手上の方をバスの音が通過していく。

桜並木を大部歩いた頃、更に道は下だりになる道と右手に上り気味の道路と岐れ道にかかった。右手の方角へ行くと、宿の方へと通じているらしい。下へ行く道は恐らくカントリークラブへと向かっているに違いない。岐れ道の角の桜の木がゴルフ場行きの車にでもぶつけられたらしく、太さ三十糎位の根元から二尺位の所で折れて、ささらになった白い木地が露出している。黒いごつごつした木肌に年輪を感じさせる木肌と対照的な配色である。カントリークラブへはまだ遠い感じがして、宿へ戻ることにした。この道も桜並木が続いていて、頬白が梢の木の梢の先で高音《たかね》を張っていた。四十雀がせわしげに梢から梢へとジュジュと鳴きながら軽技師のような身のこなしで飛び回っている。この辺りには、大瑠璃、のごま、さんしょうくい、雉子、時鳥などがいると聞いていたから一度時鳥の鳴声を聞きたいと思ったが、まだ聞く機会を得ていない。熱海の病院に入院中、度々聞いてその独特な鳴き声に静かな幽玄の世界を覚えるようであった記憶が懐しく、忘れられなかった。

鶫が頭上を行ったり来たりして飛び交っている。目前に宿が見えた。しかし、戻るには少し早いと考えて、脇道へ外れてみることにした。

細い踏み跡のような道が背の低い林の中を通っていた。枝は背丈ほどの高さで伸び放題といった案配で、枯れ木のトンネルのようになっている。上体を屈めながら抜けると、手入れの行き届いた桜の林に出た。短かく刈られている芒は、芝生のように整っている、その地面のいたる所に、黒々とした三十糎ほどの土は、もぐらが地中を掘った跡なのだろう。土饅頭がいくつも作ってある。

ゆるやかな傾斜地を少し下だれば見晴らしが利くかと思って下だってみたが、同じ様なゆるやかな傾斜が続いている。何処まで行っても一向に見晴らしは利かない。それでも左の湖尻方面の眺望は展けて、湖の向う岸の桧や杉林が影のように黒々と展がっていた。裸になった桜の木に交って松が二、三本生えているのが、枯れた草原の風景の中で鮮やかな濃い緑色で印象的だ。遮る物体がない風が冷たく、丹前を通して肌に寒気を覚えていた。

気が付くと、宿へ向う筈の道を通り越して、上の方に白い壁が見えている。帰途に向かった桧の境界に、残り湯が流れていて、湯気が立っていた。

部屋に戻ると風が出てきて、ガラス戸が音を立てている。庭に植った松の木や、姿勢よく伸びた桧、梢を展げた桜の木の枝が、草原の下の方から吹き上げる風に揺れている。

雲が出てきたらしい。時折日の光が遮られて外は風が冷たそうだった。

女中さんが炬燵に火を入れてくれたので、炬燵で書き物をすることにした。

著者／小田　淳（おだ　じゅん）
本名　杉本茂雄
昭和５年神奈川県生
日本文芸家協会会員
日本ペンクラブ名誉会員
大衆文学研究会会員
電電時代賞受賞
主な著作に『岩魚』『山女魚』『名竿』『カーンバックサーモン』
『鮎師』『鮎』『岩魚の渓谷』『江戸釣術秘傳』『心に残る風景』
『茫々莫々の日々』等、多数

愛猫《あいびょう》・愛犬追懐《あいけんついかい》と箱根山寸描《はこねやますんびょう》

発行　二〇一九年一一月一〇日　初版第1刷

著　者　小田　淳
発行人　伊藤太文
発行元　株式会社叢文社
〒112－0014
東京都文京区関口一－四七－一二江戸川橋ビル
電　話　〇三（三五一三）五二八五
ＦＡＸ　〇三（三五一三）五二八六

印刷・製本　信毎書籍印刷株式会社

定価はカバーに表示してあります。
乱丁・落丁についてはお取り替えいたします。

ISBN978-4-7947-0807-6